妾屋昼兵衛女帳面四

女城暗闘

上田秀人

幻冬舎時代小説文庫

妾屋昼兵衛女帳面四

女城暗闘

目次

【主要登場人物】

山城屋昼兵衛　大名旗本や豪商などに妾を斡旋する「山城屋」の主。
大月新左衛門　昼兵衛が目をかけている元伊達藩士。タイ捨流の遣い手。
菊川八重　仙台藩主伊達斉村の元側室。新左衛門と同じ長屋に住んでいる。
山形将左　昼兵衛旧知の浪人。大店の用心棒や妾番などをして生計を立てている。
海老　江戸での出来事や怪しい評判などを刷って売る読売屋。
和津　吉野家の飛脚。
郁生坊　大峯山に属している修験者。
徳川家斉　徳川幕府第十一代将軍。
林出羽守忠勝　家斉の寵愛を受けた小姓組頭。
内証の方　家斉との間に一男三女をもうけた愛妾。
東雲　内証の方の局を束ねる小上臈。
初　大奥で八重を引見したお次（大奥十番目の女中）。
川勝屋宗右衛門　日本橋にある大店。大奥への出入りを狙っている。

第一章　お褥辞退

一

　十一代将軍徳川家斉《いえなり》は、難しい顔で端座していた。

「なにとぞ、お聞きとげくださいますよう。伏して願い奉りまする」

　家斉と対面する形で対峙《たいじ》しているのは、愛妾内証《ないしょう》の方《かた》であった。

「どうしてもと申すか」

「なにとぞ」

　確認する家斉へ、内証の方が深く頭を下げた。

「躬《み》のことを嫌いになったか」

「なにを仰せられまする」

きっと内証の方が顔をあげた。

「わたくしがどれほど上様《うえさま》をお慕いいたしておりまするか、いまここで、この胸裂いてお見せいたしたく存じまする」

涙を浮かべて内証の方が訴えた。

「ならばなぜじゃ。なぜ、褥《しとね》を辞退するなどと申すか」

家斉が追及した。

褥辞退とは、愛妾が閨《ねや》の御用から引退することをいう。すなわち内証の方は、家斉へ愛妾としての立場を返上したいと願ったのであった。

「もう、上様のお胤《たね》を頂戴《ちょうだい》するわけには参りませぬ」

涙を流しながら、内証の方が首を振った。

「身に余る果報をいただきながら、わたくしが産ませていただきましたご公子《こうし》方で、無事にお育ち遊ばしたのは、最初の淑姫《ひでひめ》さまだけ。ご長男竹千代《たけちよ》さま、次女の姫さまともに亡くなられ、昨年賜《たまわ》りました綾姫《あや》さまもお弱く……」

内証の方がうつむいた。

内証の方は、家斉との間に一男三女をもうけた。しかし、家斉の長男でもあった竹千代が二歳、次女にいたっては名前をつけるお七夜を待たずして夭折《ようせつ》していた。

そして、昨年生まれたばかりの綾姫も蒲柳《ほりゅう》の性質《たち》でほとんど寝付いているような状況であり、内証の方がずっと看病についていた。

「誰かになにか言われたか」

「…………」

家斉の言葉に、内証の方が黙った。

「誰になにを言われたか、申せ」

「お名前はご勘弁くださいませ。ただ、上様の尊きお血筋を産み殺すような……」

最後まで言えず、内証の方が突っ伏した。

「……なんだと」

聞いた家斉が激怒した。

「申せ。そやつを許しておくわけにはいかぬ」

「…………」

顔を畳に伏せたまま、内証の方が首を左右に振って拒んだ。

「命じる。名を申せ」

将軍としての権威を家斉は振りかざした。

「できませぬ。淑姫さまと綾姫さままで失うわけには参りませぬ」

「……なにを言った」

内証の方が口にした意味を理解した家斉が急に興奮からさめた。

「竹千代が殺されたと申したな」

「どうぞ、どうぞ」

泣き声で内証の方が許しを請うた。

「満《みつ》……」

家斉が内証の方を名前で呼んだ。

「……なにとぞ、お許しを」

呼びかけられても内証の方は顔をあげなかった。

「淑姫さまのため」

身をもむようにして内証の方が再度願った。

「………」

そこにあったのは、家斉の愛妾ではなく、ただ娘のことを案じる母の姿であった。

家斉は黙った。

内証の方は、家斉最初の相手であった。

家斉と内証の方の出会いは、家斉がまだ十代将軍家治《いえはる》の世子として西の丸にいたときにさかのぼる。

西の丸大奥へ奉公にあがった小納戸《こなんど》頭取《とうどり》平塚《ひらつか》伊賀守《いがのかみ》為善《ためよし》の娘であった満の美貌《びぼう》に、家斉が目を付けた。五歳歳上《としうえ》であった満に夜伽《よとぎ》を命じた家斉は、将軍となって本丸へ移ると同時に満を手付きの中臈《ちゅうろう》とした。初めお万の方と呼ばれていた満は、寛政元年（一七八九）、家斉最初の子となる淑姫を出産した。

将軍最初の子を産んだ。この功績をもってお万の方は大奥年寄上席となり、合力《こうりき》金《きん》百五十両、二十人扶持《ぶち》を賜り、御台所《みだいどころ》に次ぐ地位を得た。このときに内証の方と名乗りを変えた。

翌年、さらに姫を産んだが、わずか二日で死亡。その二年後の寛政四年には家斉の長男竹千代を出産した。

将軍家に男子誕生。これは幕府にとって大賀であった。幕府は諸大名に祝賀登城を命じ、大名たちは争って祝いの品を贈った。さらに祝は庶民にも及び、大赦がおこなわれた。しかし、その竹千代は生まれた翌年、二歳で没してしまった。

三人の子を産み、二人を失った後も家斉の寵愛《ちょうあい》は衰えず、内証の方は寛政八年にも女子を産んでいた。まさに家斉の寵姫《ちょうき》と呼ぶにふさわしい女であった。

内証の方の寵愛を受けて実家も出世を重ね、父平塚伊賀守は小納戸組頭より数段格上の小姓組頭として家斉の側《そば》に仕えていた。

「わかった。褥辞退を許す」

苦り切った声音で、家斉は告げた。

褥辞退とは、正室を除く側室全般に適用された慣習であった。おおむね三十歳を迎えた側室は、閨の御用を遠慮し、引退するというものである。高齢出産の危険を避けるためのものだといわれているが、そのじつ一人に寵愛が続くことで弊害が出ないようにとの意味合いが主となっていた。

将軍の寵姫ともなれば、その影響力は大きい。老中や若年寄の任免罷免《ひめん》にまで口出しできる。なにせ、将軍と直接言葉を交わせるのだ。それらの弊害を防ぐためにも、将軍や大名の側室は長く褥を務めさせないようになっていた。

「かたじけのうございまする」

涙に濡《ぬ》れた顔をようやくあげて、内証の方が礼を述べた。

「ただし、大奥を出るな。閨に侍《はべ》らずとも、茶を飲むくらいならよかろう」

「はい」

家斉の言葉に、内証の方が三度泣いた。

「面《おもて》をあげよ」

やさしい声で家斉が促した。

「……………」

思いの籠《こ》もった目で、内証の方がじっと家斉を見つめた。

「長らくのお情けをいただき……」

そう言いかけた内証の方だったが、感極まったのか、そこで詰まってしまった。

「今生《こんじょう》の別れでもあるまいに」

家斉があきれた。

「初めてお召しを受けて以来のことが思い出されまして」

涙ながらに内証の方がほほえんだ。

二人の初めては、家斉が十五歳、内証の方が二十歳であった。それからじつに十一年、供寝した回数は、どの側室よりも、いや、正室茂姫《しげひめ》よりも多かった。

「痛がっておったなあ」

男は初めての女を忘れない。家斉も鮮明に思い出した。

「なんとむごいことをなさるとお恨み申しましてございまする」

少し拗《す》ねた口調で、内証の方が述べた。

「よく覚えておるわ。翌日も呼んだが、病《やまい》を言い立てて十日ほど逃げたであろう」

家斉が恨みを告げた。

「とても痛かったのでございまする」

内証の方が返した。

二人は男女として最後の会話を楽しんだ。


大奥へ入った将軍は、中奥に近い小座敷を居室とし、そこで寝起きしていた。

内証の方から褥辞退を聞かされた家斉は、誰を抱く気にもならず、小座敷で一人の夜を過ごした。

「おはようございまする」

「うむ」

正室茂姫の挨拶《あいさつ》を、家斉は鷹揚《おうよう》に受けた。

大奥で一夜を過ごそうが、中奥で寝ようが、将軍は朝、大奥にある仏間で先祖へ礼をする決まりであった。そこには正室も同席した。

「昨夜はどなたもお側へお招きではなかったとか」

「ああ」

茂姫の問いに家斉は首肯《しゅこう》した。

「お寄りくださいますれば、うれしゅうございましたのに」

寂しかったと茂姫が甘えた。

「少し一人で考えたいことがあったゆえな。次は茂のもとへ行こう」

家斉はなぐさめるように言った。

将軍とその正室には珍しく、家斉と茂姫は幼なじみであった。家斉がまだ将軍世子と決まる前、一橋豊千代《ひとつばしとよちよ》と名乗っていたころに、茂姫は薩摩《さつま》から一橋家の神田館へと送られてきた。神田館で二人は子供時代を共に過ごし、そのまま夫婦となった。

家斉にとって茂姫は、妻であり、妹であった。そして茂姫にとって、家斉は兄であり、夫であった。

仲が良いおかげで、家斉と茂の間には男子、敦之助《あつのすけ》がいた。将軍と正室の間に男子ができることも少なく、過去二代将軍、六代将軍に例があるだけであった。そして将軍と正室の間にできた男子が、次の将軍となったのは、三代将軍家光《いえみつ》しかいなかった。

本来、正室との間に生まれた子供こそ嫡流であった。しかし、徳川家は長子相続を旨としていた。長子相続の発端となったのが、歴代唯一正室腹の子、家光であるというのは皮肉なことだが、幕府にとって神とされる家康の決定なのだ。逆らえる者などいるはずもなく、家斉と茂姫の子敦之助も十二代将軍とはなれない運命であった。家斉は敦之助の兄、夭折した竹千代の弟にあたる次男敏次郎《としじろう》を世継ぎとする旨を、すでに決めていた。

そのような事情があっても、家斉と茂の間に亀裂は入らなかった。

「お待ちいたしております る」

茂姫がほほえんだ。

といったところで、将軍と正室は、世間の夫婦とかなり違っていた。

男と女であり、やることは庶民と変わらないが、結果に大きな違いがあった。まず、夫が他の女に子を産ませることを、妻は慶賀としなければならない。嫉妬心《しっとしん》を表に出すのは、はしたないとして非難される。

つぎに、これは夫だけでなく妻にもいえることだが、親子の愛情というものが薄いのだ。

男にせよ、女にせよ、日々接すればこそ愛情が湧く。だが、名家ほど親子の触れあいは少なくなった。

なにせ、生まれた途端に乳母《うば》が付き、そのもとで傅育《ふいく》されるのだ。とくに将軍はひどかった。子供は大奥にいる。会うためには大奥へ足を向けなければならない。そのうえ、しきたりが多いため、会いたいと思ってすぐに会えるわけではない。中奥から大奥へ先触れが出て、受け入れる側の準備を待たなければならないのだ。また、将軍の一日はやはり慣例でがんじがらめであり、子供の起きている日中は身動きが取れない。

また、子供が一人ならばいいが、複数いるときはさらにややこしくなる。将軍が会いに行った回数、その場にいた時間を均等にしなければならない。一人に傾けば、その子供こそ跡継ぎと先読みする者が出てくるからだ。

これらの要件を満たすのは、かなり難しい。当然、会うのが面倒になる。会わなければ、愛情は深くならない。

将軍にとって親子というのは、さしてこだわるほどのものではなく、それより抱いている女に愛情を覚えるのが、普通であった。

先祖の忌日以外ほぼ毎晩大奥へかよっている家斉も、吾《わ》が子と会うのは朝の挨拶だけであり、それはいつもあっという間に終わる行事でしかなく、どの子をとくにかわいいと思うことさえなかった。

「では、中奥へ戻る」

江戸城どころか、天下すべてを手にした徳川将軍家だったが、御所と大奥だけは別であった。

将軍は大奥に住めない。住んでいないのだから、行ってくるという言葉は使えなかった。そして、正室もおかえりなさいと将軍を迎えることはない。

三代将軍家光の御世《みよ》、春日局《かすがのつぼね》によって作られた大奥という聖域は、今や将軍の手さえ及ばない場所となっていた。

二

中奥へ戻って、ようやく家斉は朝餉《あさげ》を摂《と》れた。

「なにかございましたか」

小姓組頭林出羽守忠勝《はやしでわのかみただかつ》が、家斉の顔色を読んだ。

「あとでの」

家斉は朝餉に箸《はし》を伸ばした。

朝餉の献立は、汁、向こう付け、平椀の一の膳《ぜん》、吸い物、皿の二の膳と毎日同じであった。向こう付けには白身の刺身、平椀には野菜の煮物、そして皿には四匹の鱚《きす》が載っていた。刺身は鱸《すずき》や平目、鯛など日替わりであったし、野菜の煮物も旬で変わったが、鱚だけは同じであった。魚偏に喜ぶと書く鱚は、めでたい魚として、験《げん》を担いでいるからであった。毎日魚河岸《うおがし》から献上される鱚は、二匹は塩焼き、あとの二匹は付け焼きにして、将軍の膳へと載せられる。

さすがに毎日となると飽きてくるが、将軍が好き嫌いを口にすることはできなかった。

「たまには違う調理法ができぬのか」

などと言おうものならば、お気に召さなかったとして台所役人の首が飛ぶ。

かといって残せば、

「ご体調芳《かんば》しからず」

と奥医師が走り回り、薬を飲まされる羽目になった。

黙々と家斉は出されたものを平らげるしかなかった。

「お口をお開けくださいますよう」

食事を終えた家斉に、奥医師が近づき、舌を診《み》た。

別の奥医師が、家斉の脈を取る。脈を取るといったところで、貴人に直接触れるのは無礼と、間に薄衣《うすぎぬ》を挟む。かつては、隣室から手首に巻いた絹糸を引っ張って、脈を診る糸脈をしていたが、意味がないとして廃止されていた。それでもよほどでないかぎり、直接触れることはない。

診察をすませた奥医師二名が、家斉の居るお休息の間上段襖際《ふすまぎわ》まで下がって、顔を見合わせうなずきあった。

「つつがなきとお慶《よろこ》び申しあげまする」

一礼して下がった奥医師二人に代わって、髷《まげ》を結う小納戸月代御髪《さかやきおぐし》が側に来て、家斉の髪を整え始めた。

「……………」

その一挙一動を、腰を浮かせた林忠勝が見守った。

髷を整える月代御髪は、その任のために、鋏《はさみ》や剃刀《かみそり》などを使用する。もし、月代御髪がその気になれば、家斉の命を奪うのはたやすい。林忠勝は、それを警戒していた。

「終わりましてございまする」

月代御髪が、家斉から離れた。

「ご苦労であった」

ねぎらった家斉が、林忠勝へと目を移した。

「他人払いをいたせ」

家斉が告げた。

「はっ。一同遠慮いたせ」

林忠勝が命じた。

小姓、小納戸ら、お休息の間に詰めていた旗本たちが、出ていった。

「近う寄れ」

「はっ」

遠慮無く林忠勝は、家斉のすぐ側へと近づいた。

家斉と林忠勝は、いっとき男同士の関係にあった。

女の味を知った家斉が以降男色に興味をなくしたこともあり、林忠勝が唯一の相手となった。男同士の関係は、男女のものに優るともいう。

ともにまだ頰《ほお》に紅の残るころの話であり、成長とともに肉体のかかわりは終わったが、君臣をこえた深い繫《つな》がりは続いていた。

林忠勝は、家斉にとって信頼を置ける第一の側近であった。

「大奥でお気に召さぬことでもございましたか」

家斉の顔色から、林忠勝は推測していた。

「あったわ」

苦い顔を家斉が浮かべた。

「内証の方が褥辞退を申し出た」

「……お内証の方さまが。お方さまはまだ三十路《みそじ》をこえられたばかりでは」

林忠勝は首をかしげた。

内証の方が家斉に女を教え、林忠勝との関係を断つ原因となった。林忠勝にとっては、憎むべき対象であった。しかし、林忠勝は、家斉の寵愛を己の権とはき違えることなく、誠心誠意仕えている内証の方を嫌ってはいなかった。

「上様のお出向きも、他の側室方より多かったはず」

将軍の大奥入りは小姓をつうじて伝えられる。林忠勝は、家斉がいつ、どの側室へかよったかを把握していた。

「静かに聞け」

家斉が念を押した。

「これ以上吾が子を失いたくないと泣きおった」

「……なっ」

注意されていた林忠勝だったが、思わず驚愕《きょうがく》の声をあげてしまった。

「理解したか」

「竹千代さま、名無くして亡くなられた姫君のお二人が……」

林忠勝は家斉の言葉の裏をしっかりとわかっていた。

「綾もだ」

「………」

聞いた林忠勝が、沈黙した。

「そなたは、どう思う。あり得るのか。将軍の子ぞ。それを殺すなど、謀叛《むほん》と同罪じゃ。ばれれば、己はもとより、一族郎党に罪は及ぶ」

家斉が疑念を口にした。

「お二方《ふたかた》さまの死と綾姫さまのお病を利用して、お内証の方さまを騙《だま》しているとも考えられまするが……」

実際にはなにもしていないのだが、偶然の出来事を利用して、相手をはめることは、ままおこなわれている。林忠勝は、その点を考慮にいれた。

「そう考えているのか」

厳しい声で家斉が確認した。

「いいえ」

林忠勝は首を振った。

「思いあたる節があればこそ、お内証の方さまは身を退《ひ》かれた。少なくとも、綾姫さまにかんしては、なにかあったのではございませぬか」

「うむ。内証は愚かな女ではない。そう簡単に騙されなどはせぬ」

はっきりと家斉も同意した。

「しかし、許せぬことでございまする。上様のお血筋を害し奉るなど」

怒りを林忠勝が露《あら》わにした。

「誰であろうか」

「…………」

林忠勝がためらった。

「遠慮は要《い》らぬ。申せ」

家斉が促した。

「他の側室方。とくに男子を産まれた方々。そして……」

「茂か」

続きを家斉が告げた。

「……………」

無言で林忠勝がうなずいた。

「そなたも茂のことはよく知っておろう」

「はい」

林忠勝は認めた。家斉と林忠勝が、男色の仲だったとき、すでに茂姫は神田館にいた。

言い方を変えれば、茂姫は林忠勝とも幼なじみであった。

「あれが、そんな器用なまねのできる女か」

「いいえ。御台所さまは、そのようなこと、お考えにもなられませんでしょう」

林忠勝は述べた。

「となると、周辺か」

「あるいは、傅育役の意を受けた者」

家斉の言葉に、林忠勝が追加した。

傅育役とは、将軍の子供が生まれたときに付く譜代《ふだい》の大名、あるいは旗本のことだ。もちろん、男なので、傅育といえども大奥へ入って、直接面倒を見ることなどできないが、袴着《はかまぎ》や元服などの節目節目での世話役を務めるなど、かかわりは深い。とくに世継ぎの傅育役は、将来その子が西の丸へ入ったとき、側近として抜擢《ばってき》される。やがて世継ぎが将軍に変わったとき、側近は一層の出世を期待できる。それこそ、老中も夢ではなかった。

「権欲しさに子を殺すか。老中などたいしたものでもなかろうに」

家斉が吐き捨てた。

「老中だ、大老だと偉ぶったところで、徳川の家臣ではないか。今でこそ、譜代大名でございと顔をあげておるが、徳川が天下を取らねば、陪臣《ばいしん》として小さくなっていなければならなかったはずだ。それを生まれながらの大名だなどと……潰《つぶ》してやろうか。家ごと」

「上様」

林忠勝が抑えた。

大名を潰すのは、簡単であった。幕府のなかでさえ、老中になるのならぬので、いろいろとあるのだ。各藩でも同じであった。誰が家老になるか、あるいは次の藩主を誰にするかなど、お家騒動は必ずある。

あった。

「家中《かちゅう》取り締まり不行き届き」

この名目で潰された家は、それこそ幕初から数えれば枚挙にいとまがないほどであった。

問題は、その後始末であった。藩が潰れればまず家臣が浪人となる。石高《こくだか》によって違うとはいえ、数百から千の藩士が職を失う。

黙っていても禄《ろく》が入ってくる。武士は先祖の功績だけで、無為徒食してきた。己で田畑を耕さず、ものを造らず、商いをしない。まったくの役立たずなのだ。それが、一気に何百もあふれれば、どうなるかなど言うまでもなかった。

なにもできなければ、金は稼げない。金がなければ飯が食えない。道具を売って凌《しの》いだところでそうそうもたないのだ。やがて売るものがなくなれば、妻か娘を遊《ゆう》郭《かく》に沈めるしかなくなり、その金も尽きたとき、浪人は死ぬか、無頼《ぶらい》に落ちることになる。こうして浪人が増えることは、治安の悪化を招いた。

それだけではなかった。

藩が潰れれば、その藩の借金が宙に浮いた。

改易の命《めい》を発した幕府は責任を負わなかった。潰れた藩の家臣たちも吾が身の行く末を気にして、借財など無視する。その領地へ新たに封じられた大名から見れば、前任者の借金など関係ない。

金を貸していた商人や豪農は、取りはぐれることになる。泣いて我慢できる者はいいが、そうでない者は夜逃げしなければならない。

藩に金を貸すほどの豪商や豪農が潰れる。商売や物流、雇用と、領内へ与える影響は馬鹿にできなかった。

「わかっておる。むやみなまねなどせぬわ」

家斉が苦笑した。

「なれど見過ごすわけにはいかぬ」

「はい」

主従は顔を見合わせた。

「なにかよい手はないか」

「しばし、ご猶予《ゆうよ》をいただきたく」

林忠勝は即答を避けた。

「任せる。金が要るならば申せ。休みもくれてやる」

「お気遣《きづか》いかたじけなく」

好きなように動けと言った家斉へ、林忠勝が礼を述べた。

三

天気の良い日は、妾屋《めかけや》の二階が派手になる。

「もう少し慎みを持ってもらいたいものでございますな」

店の表で二階を見上げた山城屋《やましろや》昼兵衛《ちゅうべえ》は、嘆息した。

妾屋の二階は、仕事を探している女たちが寄宿している。妾奉公の先を探している女に金の余裕はあまりない。身《み》の廻《まわ》りのことはすべて己でしなければならないのだ。

当然天気がよければ、洗濯をする。といっても小袖《こそで》などはそうそう洗わない。洗うのは、汗を吸うために肌へつけているものとなる。

山城屋の二階、その窓から真っ赤な腰巻きがいくつもぶら下がっていた。

「妾屋の暖簾《のれん》らしいじゃねえか」

ちょうど訪れた山形将左《やまがたしょうざ》が笑った。

「看板の代わりでございますか。たしかに、あの布の奥にあるものを商っておりますが」

昼兵衛が苦笑いをした。

「さて、本日はお仕事で」

暖簾をたくし上げて、山形を先に店へ入れた昼兵衛は訊《き》いた。

「そろそろ仕事をせぬと、年がこせぬ」

上《あ》がり框《かまち》に腰掛けながら、山形が述べた。

「先日、かなりのお金をお渡ししましたが」

昼兵衛は己の用心棒として山形を雇っていた。

「たった一日でなくなったわ」

山形が肩をすくめた。

「また吉原《よしわら》でございますするか」

少しのあきれを昼兵衛は声にのせた。

「面倒を見ると言ったのだ。責任は取らねばの」

飄々《ひょうひょう》と山形が述べた。

山形は吉原で掟破《おきてやぶ》りとなる二人の遊女を馴染《なじ》みとしていた。これは客をとりたがらない投げやりな遊女を助けるためであったが、それでも義務は生じる。吉原の遊女には、どうしても客に来てもらわなければならない紋日《もんび》というのがあった。この日は、遊女の揚げ代が倍になる。当然、よほどの馴染み客でないと来てくれない。愛想《あいそ》の悪い遊女のために、二回分の金を遣おうという奇特な客はまずいなかった。

客が来なければ、その日遊女は己の揚げ代を自前で出さなければならない決まりである。これが新たな借財となる。借財が重なり、返せなくなったら吉原一流の見《み》世《せ》から、場末へと売り飛ばされる羽目になった。

「吉原におれれば、二十八歳で年季が明けるからな」

山形が漏らすように言った。

吉原は幕府公許の御免色里である。他の岡場所と違い、幕府の手入れを受けることはなかった。そのかわり、法は遵守《じゅんしゅ》しなければならない。

幕府は二代将軍秀忠《ひでただ》のとき、人身売買を禁じていた。当然、借金の形《かた》として、女を遊郭に売る行為は違法となる。奉公という体《てい》をとり、給金の先渡しで借財棒引きという形をとればいけるだろうと考えた遊郭もあったが、幕府はそこまで手を回していた。年限を決めない奉公も禁止したのだ。

これは遊女屋の存亡にかかわる大問題であった。借金でもないと、女は遊郭へ落ちてきてくれない。だが、吉原は御免色里という看板を掲げている。

そこで吉原は、すべての遊女を二十八歳までの年季奉公とした。つまり、遊女は二十八歳の誕生日を迎えた翌日、堂々と大門《おおもん》をくぐって吉原を去っていけた。ただし、一つだけ条件があった。新たな借財さえこしらえなければという条件が。

「やれ、男らしいというのか、お人好しというのか」

「馬鹿なだけよ。でなければ、妾屋で用心棒などやらず、あらゆる伝手《つて》を頼って仕官をと駆けずり回っておるわ」

小さく首を振る昼兵衛に、山形が返した。

「たしかに」

昼兵衛も同意した。

「では、お仕事のお話でございまするが……」

表情を引き締めて、昼兵衛が帳面を繰った。

「妾番は今のところ、一つしかございませぬ。選《え》り好みはできませぬが、よろしいか」

「背に腹は替えられぬ。普通の用心棒より、妾番は日当がいいからな」

山形がうなずいた。

「では、お願いをいたしましょう。場所は深川八幡宮《ふかがわはちまんぐう》前のお茶屋飯田屋《いいだや》さんで……」

「山城屋さん」

昼兵衛の説明が遮《さえぎ》られた。中年の商人風の男が、暖簾を跳ねあげるようにして駆けこんできた。

「これは柳屋《やなぎや》さん。ご無沙汰《ぶさた》をいたしております」

わざと昼兵衛は、ゆっくりと応対した。

「た、助けていただきたい」

「落ち着きなされませ。そう急《せ》かれずとも、わたくしは逃げませせぬ」

手で昼兵衛は柳屋を制した。

「番頭さん、お茶をね」

昼兵衛が柳屋から目を離した。

「あ、ああ」

ようやく、柳屋が落ち着いたのは、番頭が出した茶を一口啜《すす》ってからであった。

「いかがなさいました」

ふたたび柳屋を緊張させないよう、ほほえみながら昼兵衛は問うた。

「みっともない話なんだがね」

ちらと柳屋が山形を見た。

「どれ、出直そうか」

気取《けど》った山形が腰をあげかけた。

「お待ちを」

昼兵衛が止めた。

「このお方は、わたくしが信用申しあげているご浪人さまでございまする。ひょっとすれば、柳屋さんのお手助けになられるかも知れませぬ」

「えっ」

柳屋が驚いた。

「山城屋さんは、わたくしの困りごとをご存じで」

「……最近噂《うわさ》になっている小便組ではございませんか」

問われた昼兵衛は告げた。

「どうしてそれを」

言われた柳屋がうなだれた。

「妾のことで知らないとは言えないのが、妾屋でございますよ」

昼兵衛が答えた。

「おいくらやられました」

「三十両」

小さな声で柳屋が告げた。

「大きいな」

「それはまたふっかけたものでございますな」

山形と昼兵衛が驚愕した。

「どこの阿呆烏《あほうがらす》に騙されましたので」

昼兵衛が質問した。

阿呆鳥とは、どこの遊郭にも属していない客引きのことだ。繁華街の辻《つじ》などに潜《ひそ》み、酔客に声をかけて、女を世話するのを仕事としていた。そのほとんどは、一人二人遊女を抱えた零細な遊女屋であり、女を抱かせる場所も長屋の一軒ならまだましなほうで、その辺の野原に茣蓙《ござ》を敷いただけというものまでいた。

「…………」

柳屋が沈黙した。

「お聞かせいただかねば、お手伝いいたしかねまする。御安心を。決して外に話を漏らすようなまねはいたしませぬ」

脅すようなだめるような口調で、昼兵衛は促した。

「寛永寺《かんえいじ》の裏、鶯谷《うぐいすだに》へいたる坂道のところで声をかけられた」

観念した柳屋が話し始めた。

「句会の集まりがあって、終わってから少し飲んでいたんだよ。で、坂にかかったところで、後ろから親しげに柳屋さんと声をかけられてね。振り返っても知らないお人だったんだが、さきほどの句会の話をし出してね。それでまあ、句会の参加者だろうと思って、話を合わせていたんだ。で、もう一杯いきませんか、そこにいい小料理屋があるというので、付いていったら」

「そこに女がいたと」

「………」

柳屋が首肯した。

「いい店だった。料理も小じゃれていて、酒もよかった。女将《おかみ》が小股《こまた》の切れ上がったいい女でね。歳《とし》のころは二十七、八。三十には届いていない感じだった。その女将と話が弾んで、気づいたら男がいなくなっていた」

夢見るような浮ついた声で柳屋が語り続けた。

「その女将がね、店をもっといい場所へ移したいと言い出してね。なんでも小網町《こあみちょう》に、ちょうどいい出物があるとかで、それを借りて、小料理屋をするだけの金を出してくれれば、旦那《だんな》にしてもいいとね」

「なるほど。それで何度ほど抱かれました」

結末を読んだ昼兵衛は尋ねた。

「その夜と、三日後と、十日後と」

思い出すようにして柳屋が言った。

「そして四度目で小便をされたんでございますな」

「…………」

無言になった柳屋が、ふたたび顔を伏せた。

「小便組の新しいやり方でございますな」

「新しい……」

山形が首をかしげた。

「ご存じありませんか、小便組を」

「知らぬ」

確認された山形が否定した。

「小便組とは、妾奉公を隠《かく》れ蓑《みの》にした騙《かた》り屋《や》どもでございますよ。さすがに妾屋の看板をあげている店には近づきません。もし、うちでそんなまねをしたら……」

酷薄な表情を昼兵衛が浮かべた。

「失礼をいたしました。妾奉公というのは、慣例として最初に支度金が出まする。で、支度金をもらった女が、旦那と同衾《どうきん》したあと、わざと寝小便をするのでございますよ」

表情をやわらげて昼兵衛が説明した。

「寝小便……夜具のなかでか」

想像したのか、山形が顔をゆがめた。

「さようでございまする。当然、旦那は目覚めまする。温かい水と臭《にお》いに攻められるわけでございますから。で、初めて女が夜尿症だと知りまする。旦那はそんな話は聞いていないと怒りまするが、後の祭り。妾を手放すならば、支度金はあきらめなければなりませんし、手切れ金も渡さなければいけません。もちろん、そんなものは渡せないとなりますが、そうなると奉公を続けさせるしかなくなるわけでございまして。でも、毎晩寝小便を垂れる女を抱いてなんぞいられません。女のほうから辞めさせてくれと言ってくれれば、手切れ金だけでも支払わなくてすむのですが……」

「金が目的ならば、辞めたいとは言わないだろうな」

山形が口を挟んだ。

「さようで。といっても雇っているかぎりは決まりの給金を払わなければいけない。

結局、手切れ金を渡して辞めさせることになるのですよ」

「そして、金を受け取った女は、また新たな鴨《かも》を探すと。しかし、よくまあ、続くものだ。江戸は町内がきっちりしている。妾といえども、変なことをすれば、たちまち評判となって、小便組などできなくなろうに」

「噂になると困るのは客のほうでございましてね。女に小便をかけられた男などと陰口をたたかれては、商売にも差し支えましょう」

嫌《いや》な顔をしながら、昼兵衛が述べた。

「被害を受けたほうが、泣き寝入りするわけか。なるほど、それなら、繰り返せるわけだ」

納得したと山形が首肯した。

「もちろん、女が美しいというのもございますがね。でなければ、次から次へと旦那が付くはずございません。でもまあ、人の口に戸は立てられない。いつか噂になり、小便組は前ほど目立たなくなりました」

「おぬしたちも、黙って見過ごしはしなかったのだろう」

山形が昼兵衛を見た。

「……はい」

昼兵衛が認めた。

「小便組など、まじめに妾奉公を望む女たちのじゃまにしかなりませんから」

「なにをしたかは、聞かないでおく」

妾屋は女を商いする。だけに女のためにならないことには厳しい。

「柳屋どののは少し変わったようだな」

「……………」

柳屋が首をすくめた。

「寝小便をしたことを咎《とが》め、とても一緒にはいられないからと別れ話を切り出したら、あなたがよいと言うから、小網町の店に手付けを打った。内部のやり直しももう始めている。いまさらなかったことにはできないと言い出しまして……それを拒むと」

「最初の男が出てきましたか」

お定まりだと昼兵衛は言った。

「……違うんで」

力なく柳屋が首を振った。

「違う……」

昼兵衛の雰囲気が変わった。

「出てきたのは……寛永寺の僧侶《そうりょ》だったのでございました」

「寛永寺の僧侶」

「坊主が」

予想外の人物に昼兵衛と山形が顔を見合わせた。

「この女は寛永寺のとある身分高いお方のお世話をしている。そのお方に知れれば、ただではすまぬ。今ならば、手付けと大工の手間賃だけで許してやらぬこともないと」

「その僧侶は、本物でございましたか」

柳屋の話に昼兵衛が疑念を抱《いだ》いた。

「調べたら、寛永寺の末寺の住職にまちがいございませなんだ」

「ふむ」

昼兵衛が腕を組んだ。

寛永寺は三代将軍家光が、私淑していた高僧天海《てんかい》大僧正のために建立《こんりゅう》した、寺域三十万坪余、寺領約一万二千石、末寺三十六、僧侶三千を誇る天下の名刹《めいさつ》であった。最初は徳川家の祈願所でしかなかったが、家光がその死後位牌《いはい》を寛永寺に預けたことで、菩提寺《ぼだいじ》となった。

「僧侶といえども男、女を抱くくらいは別段咎め立てしなくともよいと思いますが、小便組の片棒を担ぐのはいただけませんね」

冷たい声で昼兵衛が言った。

「山城屋さん。寛永寺さまに逆らっても大事にはなりませぬか」

不安そうな表情で柳屋が訊いた。

寛永寺は将軍の菩提寺である。芝の増上寺《ぞうじょうじ》と並んで、その威勢は並の大名をはるかに凌ぐ。

「大事ございませぬ。寛永寺さまは、そんな些細《ささい》なことにかかわられませぬ。門跡宮さまでございますからな。女の話など表沙汰にできようはずもございませぬ」

門跡宮とは、京から寛永寺の住職として招かれた宮家のことだ。当然格式の高さでは、江戸の寺のなかで群を抜いている。

「山形さま。お願いできまするか」

「おう」

言われた山形が応じた。

「柳屋さん。お金は取り返してきまするが、半分いただきますよ」

「半分……それは取りすぎじゃ」

取り分の多さに柳屋が目を剝《む》いた。

「寛永寺さんの相手をするのでございますよ。それも、わたくしの紹介した妾ではないことで」

感情の籠もっていない声で昼兵衛が指摘した。

「お金がまったく返ってこないよりはよいと思うぞ」

山形も口を出した。

「それでも半分は……十両で手をうってくれま……」

「お帰りだよ」

昼兵衛が番頭へ告げた。

「へい」

番頭が柳屋の隣へ立った。

「ちょ、ちょっと」

柳屋が慌てた。

「失礼ながら、代々おつきあいをいただいておりましたが、それを切られたのはそちらでございましょう。わたくしどもの店をとおさず、妾をつくられた。この段階で、柳屋さまは、山城屋のお得意さまではございませぬ。そのうえ、今回のことは、わたくしどもが紹介いたしました女の不始末とは違いまする。山城屋がかかわる理由は金以外のどこにもございますまい」

「…………」

昼兵衛に言いこめられた柳屋が沈黙した。

「お帰りを。二度と山城屋の暖簾をおくぐりなさいませぬよう」

冷たく昼兵衛が告げた。

「わ、わかった。十五両払う」

柳屋が折れた。

「では、証文を書きますので、しばしお待ちを」

昼兵衛が委細を証文にし、柳屋の署名を求めた。

「結構で。さて、参りましょうか。山形さま」

「ああ」

歩き出した昼兵衛に、山形がしたがった。

四

末寺の場所も僧侶の名前も柳屋から聞き出してあった。

「ここのようでございますね」

昼兵衛が足を止めた。

「本当に寛永寺の末寺か」

寺を見回した山形が首をかしげた。

「たしかにいささか、傷みが激しいようでございますな」

同意を昼兵衛は表した。

「末寺は、宿坊も兼ねているといいまする。この寺は宿坊をしていないのでは」

「宿坊をしていると金が入るのか」

　山形が問うた。

「寛永寺は将軍家の菩提寺。法要などがあれば、お大名や旗本方も参加されまする。そのお歴々のお着替えや休息所となるのが宿坊でございまする」

「なるほどな。宿坊を使った大名たちから寄付があると」

「さようで。ここはなにかしくじりでもして、宿坊の客を失ったのかも」

　察しの良い山形へ、昼兵衛はほほえんだ。

「客のいない宿屋と同じか」

　身も蓋《ふた》もない言いかたを山形がした。

「貧すれば鈍する。小便組の手助けをしなければならないくらい金に困っているのでしょうな。急いでよかった。いつまでもこんな悪事を寛永寺さまが見過ごしてはおられますまい。潰されては、金を取り返すどころじゃないですからね」

　そう言って、昼兵衛は寺のなかへ入った。

「ごめんくださいませ」

　柔らかい声音《こわね》で、昼兵衛が訪《おとな》いをいれた。

「なんじゃ」

　すぐに反応があった。

「丹階和尚《たんかいおしよう》さまで」

「いかにも。拙僧が丹階じゃが、どなただ」

　怪訝《けげん》な顔で丹階が問うた。

「柳屋さんの使いで」

「……柳屋の」

　丹階の表情が変わった。

「あんまりあこぎなまねをなさっては、本山さまにも迷惑がかかりましょう」

　用件を昼兵衛は告げた。

「柳屋は他人の持ちものに手を出したのだ。不義密通である。それを内済にしてもらっておきながら、文句を言うなど論外である」

「他人の持ちものでございますか」

　昼兵衛が繰り返した。

「そうだ。お名前を軽々に明かすことのできぬ高位のお方である」

胸を張って丹階が述べた。

「不義密通ならば、七両二分《ぶ》が相場でございましょう。それを三十両は取りすぎで」

幕府の法で不義密通は、重ねて置いて四つにしてもよいとある。これは妻だけでなく、妾も対象となった。

といったところで武家ならばまだしも、町人が人を斬《き》るなどまず無理である。そこで、不義密通の堪忍代《かんにんだい》という観念が生まれた。当初は十両だったという。それが、いつのまにか値下がりし、七両二分になっていた。

もちろん、七両二分を払うのは間男である。

「高貴な方のものに手出しをしたのだ、庶民と同じ金額ですむと思っておるのか」

鼻先で丹階が笑った。

「なるほど」

理屈に納得したようなふりを昼兵衛が見せた。

「わかったならば、帰れ。そして柳屋に申しておけ。今度このようなことを言い立ててきたならば、そのままにはせぬとな」

丹階が勝ち誇った。

「ところで、和尚さま」

「なんだ」

「雪柳《せつりゅう》さまをご存じで」

昼兵衛が話を変えた。

「えっ」

一瞬丹階が戸惑った。

「雪柳さまといえば、寛永寺執権職の……」

おそるおそる丹階が確認してきた。

「はい。その執権さまでございますよ」

執権職とは、門跡に代わって寛永寺の執務全般を取り仕切る役目であった。もちろん、そのなかには、末寺の管理もある。まさに寛永寺数千の僧侶の頂点に立つ権力者であった。

「親しくおつきあいをさせていただいておりまして」

「……雪柳さまと……きさま、何者だ」

丹階が睨《にら》みつけた。

「妾屋でございますよ」

「……妾屋」

妾屋はどこに伝手を持っているかわからなかった。さすがに将軍のお部屋さまを紹介することはないが、大名の側室などを斡旋《あっせん》するのだ。その側室が産んだ男子が家を継げば、扶持米、藩士としての身分など、妾屋にもいろいろな便宜が与えられた。

また、寛永寺や増上寺の高僧たちの権妻《ごんさい》のほとんどが、妾屋の手をつうじている。なにせ、日立つ禿頭《とくとう》なのだ。己が動いて気に入った女を見つけるというのは、難しい。女の好みを伝えておいて、連れてきてもらうほうが安全で、かつ早いのだ。

そして妾屋をつうじて雇い入れた女の口は堅かった。ちゃんとした手切れ金さえ渡してやれば、旦那のことはいっさい他人に漏らさない。もし、これを破るようならば、斡旋した妾屋が責任を取った。ことと次第では、女の始末まで妾屋はおこなう。その信頼は身分ある人の間で、大きかった。

「雪柳さまに権妻がいるなど……」

「言って歩くことではございませんからね」

　淡々と昼兵衛は告げた。

　僧侶の妻帯は禁じられている。殺生と並んで女犯《にょぼん》の罪は重く、ほとんどのばあい僧籍を剝奪《はくだつ》されたうえ、口には生鰯《なまいわし》をくわえさせられ、ふんどし一つで追い出される。どれほど美しい妾を手に入れようとも、自慢するわけにはいかないのだ。

「ではおじゃまをいたしました」

　昼兵衛は背を向けた。

「待て。このまま帰すわけにはいかぬ」

　丹階が制止した。

「おい」

　庫裏《くり》のほうへ丹階が声をかけた。

「やっとか」

「やれ、退屈だったわ」

「…………」

　なかから三人の浪人者が姿を見せた。

「面倒なので、片付けてしまえ」

大声で丹階が命じた。

「北河《きたかわ》、逃がさぬように後ろを塞《ふさ》げ」

「わかった」

一人がすばやく背後に回った。残った二人が太刀《たち》を抜いて、昼兵衛と山形を挟むような位置をとった。

「…………」

相手の陣形が整うのを、山形は放置していた。

「震えているのではないか」

壮年の浪人者が、動かない山形を嘲笑《ちょうしょう》した。

「用心棒というより、押し出し代わりに付いてきただけだろうに、ここで死ぬとは可哀想《かわいそう》だな」

「山城屋」

山形が声を出した。

「日当は一両。あともう一両上乗せいたしましょう」

「三人いるのだ。上乗せは二両もらいたいな。刀の研ぎにも金がかかる」

昼兵衛の答えに、山形が増額を求めた。

「よろしゅうございましょう」

要求を昼兵衛は呑《の》んだ。

「よし」

うなずいた山形が太刀を抜いた。

「たった三両とは、命を安く売ったな」

まだ嘲《あざけ》りの笑いを浮かべたまま、壮年の浪人者が無造作に近づいてきた。

「あほう」

山形が踏みこみ、容赦なく太刀を振った。

間合いに入った敵でもっとも近いのは、踏み出している足か、太刀を構えている腕である。山形は青眼《せいがん》の太刀を鋭く動かして、壮年の浪人者の手首を撃った。

「あぎゃっ」

相手は一人と油断していた壮年の浪人者が、両手首を飛ばされて苦鳴《くめい》をあげた。

「篠崎《しのざき》」

後ろに回っていた北河が、驚愕した。

「こいつめ」

山形の背中を北河が襲った。

「腰が伸びているぞ」

膝《ひざ》を折って、山形は太刀で背後を薙《な》いだ。

「えっ」

踏み出した右膝を割られて、北河が転がった。

「い、痛い」

手にしていた太刀を捨てて、北河が膝を抱えた。

「……………」

残っていた一人は、それを見ると太刀を鞘《さや》へ戻して、後ろ向きにさがった。

「なにを逃げようとしている」

冷たい声で山形が言った。

「おまえが抜いたのは真剣だ。真剣を抜いたということは、殺し殺される覚悟をしたとの意味である。それを不利になったからと、引っこめられるとでも」

山形が血の付いた切っ先を突きつけた。

「……どうすればいい」

ようやく浪人が口を開いた。

「武士でないならば見逃してやる。両刀を捨て、髷を切れ」

問われた山形が告げた。

「命か、矜持《きょうじ》か。どちらを取る」

山形が選択を促した。

「………」

無言で浪人者は脇差《わきざし》を抜き、髷を切り落とした。そして鞘へ戻した脇差と太刀を地面に置いた。

「見事だ」

その決断を山形は褒めた。

「おい、宇山《うやま》。なにを」

丹階が唖然《あぜん》とした。

「命には替えられぬ」

宇山が首を振った。

「ではの」

そう言って宇山が大きく迂回《うかい》しつつ、倒れている北河の隣を過ぎて、山門へと向かった。

「さて、残ったのは……」

山形が宇山から注意を丹階へと向けた。

「…………」

その瞬間、宇山が懐《ふところ》へ手を入れ手裏剣《しゅりけん》を取り出して、山形へ投げた。そして転がっていた北河の太刀を拾い上げて、突っこんだ。

「ふん」

鼻先で笑って山形は飛来した手裏剣をはたき落とした。体勢を崩すことなく、山形は宇山へと切っ先を移した。

「…………」

宇山がたたらを踏んで止まった。

「それで策を弄《ろう》したつもりか」

山形があきれた。

「……なぜわかった」

苦い声で宇山が問うた。

「太刀を捨てるとき、置いたであろう。あとで拾うつもりだからこそ、ていねいに扱った。ここから脱して戻ってこないならば、落とすようにするはずだ」

「ちっ」

「それと……」

舌打ちした宇山へ、山形が続けた。

「太刀を置くとき、みょうに上体を立てていた。あれは、懐へ忍ばしている手裏剣を落とさぬようにだろう」

江戸には根岸流《ねぎしりゅう》を始めとする手裏剣術の流派があった。武家で心得のある者も多くはないがいた。

「…………」

指摘する山形へ、宇山はなにも言い返せなかった。

「もうだめだろうな」

宇山がもう一度逃がしてくれと言った。

「笑わしてくれるな」

山形が拒んだ。

「逃がせば、仲間を呼んで来ることくらいしかねないだろう。あとの面倒はごめんだ」

「いたしかたなし」

首を振って宇山が太刀を構えた。

「おいおい。舐《な》めているのか」

太刀を左手にさげた山形が告げた。

「腰が引けているぞ。そのまま逃げるつもりだろう」

「くそっ」

見抜かれた宇山が背を向けて走り出した。

「逃がさぬと言ったはずだ」

山形が右手で脇差を抜いて投げつけた。

「がはっ」

腹を貫かれた宇山が止まった。

「返してもらおう」

近づいた山形が、脇差を抜いた。

「ぐえええええ」

傷口を拡《ひろ》げられる形になった宇山が絶叫をあげ、膝から崩れ落ちた。

「腹をやられれば助からぬ」

懐から出した布で脇差を拭《ぬぐ》いながら、山形が宣した。

「と、とどめを」

「知るか。情けをもらえるような態度ではない」

冷たく山形が見捨てた。

「…………」

泣きそうな顔で宇山が見あげたが、山形は一瞥《いちべつ》を与えもせず離れた。

「さて、和尚さま」

惨劇を目の当《ま》たり《あ》にしたばかりの昼兵衛が、変わらぬ穏やかな口調で話しかけた。

「ひっ」

丹階が小さく跳びあがった。

「柳屋さんのお金をお返しいただけましょうな」

「…………」

大きく首を上下させて、丹階が同意した。

「持ってくる」

「はい。お供をいたしましょう」

庫裏へ逃げこもうとした丹階の背中に、昼兵衛は張り付いた。

「目の前に三十両出していただきましょう。おわかりとは思いますが、まさか信用して目を離すなどとお考えではございますまいな」

昼兵衛が釘《くぎ》を刺した。

「ううう」

丹階がうなった。

「まったく、世間を甘く見るにもほどがある」

ていねいに太刀の血糊《ちのり》を取った山形が、鞘へと収めた。

「では、ちょっと行って参ります」

「ああ。気をつけろよ」

「はい」

山形の忠告に、昼兵衛は首肯した。

「……………」

残った山形は倒した三人を確認した。

「死んだか」

すでに三人とも息絶えていた。

「死ねば仏というが、生きていたとき修羅だった者が、そうそう変われるものではなかろう。まあ、寺で死ねただけましだな。吾《われ》はどこで屍《しかばね》を晒《さら》すことになるのやら。いまさら畳の上で往生したいとは言わぬが……」

山形が瞑目《めいもく》した。

「お待たせをいたしました」

昼兵衛が戻ってきた。

「金はあったか」

「はい。かなり貯《た》めこんでおりましたな」

「………」

言われた丹階が後ろで苦虫《にがむし》を噛《か》み潰したような顔をした。

「それと……」

丹階の後ろを昼兵衛が指さした。

「女……」

目をやった山形が気づいた。

「柳屋さんをはめた女で」

「それがなぜ、ここに。もっとお偉いお方の持ちものではなかったのか」

昼兵衛の言葉に、山形が首をかしげた。

「この女は」

昼兵衛の声が低くなった。

「妾奉公をしていながら、こいつともわりない仲になっているのでございますよ」

「……ほう」

山形が目を細めた。

「一人で二人、いや、柳屋を入れて三人を手玉に取っていると」

「さようで」

憎々しげに昼兵衛が言った。

「まあ、おかげで不義密通の代金を要求されずにすみました」

「というこことは三十両そのままか」

「はい。最初にすなおに返すと言ってくれれば、七両二分は払うつもりでおりましたのですがね」

「なん……」

聞いた丹階が呆然《ぼうぜん》とした。

「後悔しても、もう遅うございますな」

「…………」

丹階が黙った。

「さて、帰りましょうか」

「うむ」

山形が首肯した。

「待ってくれ」

慌てて丹階が呼び止めた。

「雪柳さまにはなにも言わぬと約束を」

「申しませんよ」

あっさりと昼兵衛がうなずいた。

「なにせ、わたくしごときが会いたいと言っても無理でございますからな」

「……な、さきほど」

「少し考えてみれば、おわかりでしょう。雪柳和尚といえば、寛永寺の執権。将軍家菩提寺を経営されているお方が、女犯などなさるはずはございますまい。そのような噂が立っただけでも、足下をすくわれて、執権に選ばれませぬ。執権になられた。これは清廉潔白の証《あかし》」

「騙したな」

丹階が憤慨した。

「そのていどのことにも気がつかぬほど、焼きが回っていた。そういうことでございますよ。悪事から身を退く潮時だったと思うことですな」

「つっ」

嘲る昼兵衛に、丹階が悔しげな顔をした。

「ああ」

歩きかけた昼兵衛は、首だけで振り返った。

「そこの女。おまえの顔と名前は覚えた。江戸中、いや、三都の妾屋に人相書きを付けた回状を出す。二度と妾ができると思うなよ」

氷《こお》るような瞳で昼兵衛が女を睨んだ。

「ふん」

女が笑った。

「男なんて、ちょっと面相がよければ、いくらでも寄ってくるのさ」

「そうかい。じゃあ、そのご自慢の顔が老いたときはどうするんだね。若さを失い、乳も尻《しり》も垂れた女を誰が金を出してまで囲ってくれるのだ」

嘯《うそぶ》く女に昼兵衛が言い返した。

「妾というのは、見た目もなんだが、それ以上に男を癒《いや》すもの。癒された男は、女を愛《いと》しいと思い、後々のことまで面倒を見る。突き詰めれば、夫婦と同じ。男を金としか見ていないおまえなど、忘れられるだけだ。行きましょう、山形さま」

「…………」

　女が沈黙した。

　寺を出た昼兵衛は、懐から小判を三枚取り出した。

「日当とお手当で」

「かたじけない。これで正月の餅《もち》を買える」

　山形が拝むような仕草をして、金を受け取った。

「これは分け前でございまする」

　別に昼兵衛は小判を三枚出した。

「よいのか」

「十五両の儲《もう》けで、使ったのが山形さまの日当だけ。儲けすぎはよくございませぬ」

　真剣な顔で昼兵衛が言った。

　一両あれば、庶民四人家族が一カ月生活できた。十両盗めば首が飛ぶという御定《おさだめ》書《がき》もあるように、十五両は大金であった。

「しかし、餅……山形さまが長屋で正月をお迎えに」

昼兵衛が首をかしげた。

「妾屋がそれじゃ、困るな」

にやりと山形が笑った。

「尻餅という言葉があるだろう」

「……吉原で年越しをなさると」

「正月は七日まで続けての紋日だからな。行ってやらなきゃなるまい」

山形が述べた。

「お相手は格子《こうし》でございましたか」

「ああ」

格子とは遊女の格を表している。もっとも高位の太夫《たゆう》に次ぐ地位で、美貌はもちろん、茶人たちと数寄にかんして話ができるだけの教養を持つ。当然揚げ代も高い。

「一日二十六匁《もんめ》でございましょう。紋日はその倍でございますから五十二匁。七日で五両三分近くになりますな。お二人だと十一両をこえまする。ようやく半分というところでございますな」

すばやく昼兵衛が計算した。

「まあな」

小判を懐へしまいながら、山形が苦笑した。

「だから、次の仕事を頼む」

「よろしゅうございますが……」

「なに、あと四年ほどだからな。綾乃《あやの》が三年、七瀬《ななのせ》が四年で二十八歳だ。そうなれば、年季が明ける。もう、男に身体《からだ》を売らなくてもすむ。二人ともそこらにはいない美形だ。年季さえ明ければ、どこかいいところの嫁におさまれるだろう」

山形が小さく笑った。

「はあ。女を甘く見ないほうがよろしゅうございますよ。とくに偽りの浮き世で苦しんでいる遊女に、真《まこと》を見せた男は手放せませんよ。覚悟しておかれることです」

昼兵衛が忠告した。

第二章　妾屋転変

一

大月新左衛門《おおつきしんざえもん》は、久しぶりの朝寝を堪能《たんのう》していた。

「いい加減に起きなさいな。いい若い者が、いつまでも寝ているものじゃありませんよ」

長屋の戸障子《としょうじ》が引き開けられ、外から呼びかける声がした。見かねた隣家の女房が、起こしてくれたのだ。

「いたしかたあるまい。この三日まともに寝ておらぬのだぞ」

新左衛門は文句を言った。

「また、かつおぶしの番ですか」

隣家の女房が訊いた。

「うむ。ちと旦那が焼き餅焼きでな」

会話をしてしまえば、眠気も失われる。新左衛門は夜具から起きあがった。

「焼き餅焼くくらいならば、妾なんか囲うんじゃないって」

女房があきれた。

「たしかにの」

新左衛門は、手ぬぐいを手に長屋を出て、井戸端へと向かった。

「おや、大月さま、ずいぶんとのんびりで」

「もうお昼でございますよ」

井戸端に集まっていた長屋の女房たちが、話しかけてきた。

「お恥ずかしいかぎり」

長屋に住む人々は、働きものである。夫は、朝は日が昇る前に出かけ、日暮れまで働く。妻は、こうやって井戸端に集まって無駄話をしているようでありながら、洗濯をし、縫いものをこなし、台所仕事もやる。本当に遊ばない。新左衛門は、仕事の疲れがあるとはいえ、朝寝しすぎた己を恥じた。

「どうぞ。お顔を洗われますでしょう」

女房の一人が腰を動かし、井戸端を空《あ》けてくれた。

「すまぬな」

礼を言って新左衛門は、釣瓶《つるべ》を持ちあげ水を汲《く》んだ。

長屋の井戸は、多摩川《たまがわ》上水から引かれていた。

江戸は水の悪い土地で、よほどの高台でもないかぎり、真水は出ない。井戸を掘ったところで、出てくるのは海水よりましというていどの塩水なのだ。地面の下に埋設された木の樋《とい》をつうじて流れこんでくる水道水も、遠くから運ばれてくる間に汚染され臭うが、まだましであった。

「口をゆすがせてもらうぞ」

一言断ってから、新左衛門は房楊枝《ふさようじ》と塩で歯を磨いた。

「大月さま。今度のお妾はどうでした」

隣家の女房が訊いた。

「なかなかの美形であったな。色白でな」

新左衛門は答えた。

「洗濯や洗いものなど、しなければ日焼けもしませんやね」

女房の一人が嫌みを口にした。

「そう言うてくれるな。拙者《せっしゃ》にとって、お妾はたいせつなお得意だでな」

苦笑いをしながら、新左衛門は上半身肌脱ぎになった。

「あいかわらず、見事だねえ」

「ほんと。うちの宿六にも見習わせたい」

新左衛門の裸に、女房たちが感嘆した。

「なんの職もないのだぞ。そなたたちの亭主がたは、大工に左官にと皆、一人前の職人ではないか。拙者など、用心棒をするしかないのだ。亭主方は歳を重ねれば、それだけ腕が上がり、日当も増えよう。だが、浪人者は、歳を取って動きが鈍くなれば、用心棒の仕事さえできなくなる。どちらがすごいのか、言うまでもなかろうに」

照れながら新左衛門は述べた。

「なんだか、うちの亭主が急に偉くなったように思えるねえ。今夜は酒を飲ませてやるかね」

「そうだね。でも、酒が入るとあの人は見境なくなるから」

「朝方までうるさいのは勘弁だよ」

「身がもたないかい」

女房たちが顔を見合わせて笑った。

「そうそう」

身支度を調《ととの》えた新左衛門へ、隣家の女房が手首から先だけを振って見せた。

「八重《やえ》さんなら、朝から出かけているよ」

「……なぜ八重どののことを、拙者に」

新左衛門が平静を装った。

「さきほどからずっと八重さんの長屋の戸障子に目をやってるじゃありませんか」

隣家の女房があきれた。

「それは……」

「隠すことなんてありませんよ。男と女。好き合うのも当たり前でございますからね」

「だねえ」

笑いながら女房たちが新左衛門を見た。

「……ごめん。そろそろ山城屋へ行く刻限だ」

慌てて新左衛門は井戸端を離れた。

「いつまでも逃げてちゃ、話は進みませんよ。八重さんのようないい女はすぐに、他の男のものになってしまいますからねえ」

新左衛門の背中に、隣家の女房の言葉が刺さった。

妾番の終わりは、山城屋で日当の精算をしてもらうことである。新左衛門は、昼飯を摂る前に、昼兵衛を訪ねた。

「おられるか」

「はい。どうぞ」

顔を出した新左衛門を、昼兵衛が笑いながら迎えた。

「手間賃をいただきに参った」

新左衛門は用件を告げた。

「承知いたしております。ごくろうさまでございました。一日一分で二十日間ですので、代金は五両。そこから斡旋料として一割いただきまする。しめてお支払いは四両と二分」

昼兵衛が金を差し出した。

「かたじけない」

手を伸ばして新左衛門が受け取った。

「大月さま」

「なにかの」

金を新左衛門は懐にしまった。

「いかがでございましたか」

「妾番は、実入りは良いが、面倒だの。とくに今回のような旦那と女の仲があまり良くないのはな」

新左衛門はすなおに告げた。

「たしかに、妾を信用していれば、妾番なぞ雇いませんな」

苦笑しながら、昼兵衛が同意した。

妾番を雇う原因は大きく分けて二つあった。

一つは、妾が名の知れた美女だったときだ。有名な芸者や遊女などを、金にあかせて身を落籍《ひか》せる。一枚絵になるほどの女を囲い者にする。男として江戸、いや天下に名を知らしめる快挙ではあるが、同時に他の男たちの嫉妬を買った。といってもほとんどの場合、やっかむていどでそれ以上の行動には出ないが、なかには危ない奴もいた。女のひもをやっていたような奴、落籍をどちらがするか争った男など、どうしてもその女のことをあきらめきれない連中である。どうにかして女を自分のもとへと考え、妾宅へ押し入ってくることもあるのだ。

そしてもう一つが、旦那が妾を信用していない場合であった。妾というのは、見た目と閨が仕事である。どうしても他人目《ひとめ》を引きやすい容姿をしているうえ、過去に多くの男と関係している。嫉妬深い旦那としては、他の男に盗《と》られないか、前の男とまだ続いているのではないかと、不安でしょうがないのだ。

妾番は、これらの対策として、雇われた。

当然、妾番も男である。武芸につうじ、さらに機転が利かなければならない。そんな男を嫉妬深い旦那が、妾の側に一日張り付けて平気なのは、妾屋絶対の保証があるからであった。

もし、妾番が守るべき妾に手を出したなら、妾番を紹介した妾屋が賠償をし、制裁を加えた。賠償は莫大《ばくだい》な金額になる。それこそ、吉原一の太夫を落籍させられるだけの金額が支払われる。

次になにより妾番に与えられる制裁の悲惨さがあった。妾に手を出した妾番は、まず男の徴《しるし》を切り取られ、それを己の口に突っこまれる。そのとき、切り取られたものを喉《のど》の奥まで押しこんだうえ、抜けないように猿ぐつわをされる。吐き出すことはもちろん、息さえできなくなるのだ。こうして妾に手出しをした妾番は己のもので、窒息させられるのだ。

さらに、死体は天下の往来へ放り出され、見せしめとなる。

「幸い、拙者は妾どのと同じ部屋には入らないようにしていたからよかったが、御用聞きにさえ嫉妬していたからな、あの旦那は」

新左衛門が苦労を語った。

「新しい着物が欲しいと言った妾の強請《ねだ》りで呼ばれた呉服屋まで疑われていたぞ。反物《たんもの》を肩からかけただけで、触《さわ》ったとか言われて」

「それはちょっと異常でございましたな」

昼兵衛が目を剝いた。

「だから、辞めさせてもらったのだ。いつ、あの嫉妬の矛先《ほこさき》がこちらに向かぬとは限らぬからな」

今回の妾番の期間は決められていなかった。それを新左衛門から願って離れたのだ。

「そういうことでございましたか。よくわかりましてございまする。あのお客の妾番は、今後うまくお断りするといたしましょう」

納得した昼兵衛が宣した。

「そうしてもらいたい」

新左衛門がほっと肩の力を抜いた。

妾番をする者は少なかった。武芸の腕もだが、なにより絶対の信頼がなければならなかったからだ。小さい店ながら、江戸で名の知れた妾屋である山城屋でさえ、妾番を任せられるのは、新左衛門と山形将左の二人しかいない。

「で、大月さま。次のお仕事でございますが」

「妾番はちょっと勘弁してくれ。少し心を休ませたい」

新左衛門は断った。

妾番と普通の用心棒の差は、その気遣いにあった。外からの侵入に備えるのは同じだが、妾番は内に一層の気を遣わないといけない。用心棒が夜中だけの仕事に近いのに対し、妾番はずっと妾を見張っていなければならないのだ。気が休まる暇がなかった。その分、日当は用心棒の倍もらえるが、そう長くは続けられなかった。

「さようでございまするか。困りましたね。妾番のご依頼が新たに来たのでございますよ」

「山形氏はどうしておられる」

「すでに、別のところで妾番をなさっておられまする」

「そうか」

頼りになる人物がすでにふさがっていると聞かされた新左衛門が渋い顔をした。

「なんとかお願いできませんか。どうしても断り切れないお相手の要望でございまして」

昼兵衛が押して頼みたいと言った。

「……ううむ」

新左衛門がうなった。

「もちろん、無理をお願いいたしますので、日当は一日三分出しましょう」

「三分……」

聞いた新左衛門がうなった。三分の日当なら、四日で三両になる。一両あれば、ほぼ毎日外で食事をしても一カ月暮らせる。かなりの好条件であった。

「裏があるな」

「はい」

新左衛門の疑念をあっさりと昼兵衛が認めた。

「妾がもと深川の羽織《はおり》で伊太《いた》と呼ばれていた女でございまして」

「女なのに伊太……」

不思議そうに新左衛門が首をかしげた。

「ご存じありませんか、深川の羽織を」

「あいにく、深川に行ったのは先日が初めてである」

問われた新左衛門が首を振った。

先日とは、昼兵衛を亡き者にしようとした老中の罠《わな》を嚙み破るため、山城屋にかかわりのある新左衛門、山形を始めとした面々が深川へ出向いた一件のことである。大名の走狗《そうく》となった深川の顔役を始末し、ことは昼兵衛の勝利で終わった。

「深川の羽織とは、芸者のことでございましてね。木場《きば》の旦那衆を客として持つ深川芸者は、粋と気《き》っ風《ぷ》を誇りとしておりまして、その証として男羽織を看板代わりに身にまとい、男の名前を名乗るのでございますよ」

「女が男の格好をするのか。みょうだな」

新左衛門には理解ができなかった。

「女伊達《おんなだて》とも申しますよ」

昼兵衛が付け加えた。

「女伊達か。ふむ」

言われた新左衛門が少し理解した。

新左衛門はもと仙台伊達藩士であった。伊達藩は、伊達者の語源となったほど、派手好みで有名な家中である。貧しい今はそれほどでもないが、他藩の藩士たちとは一線を画した格好を好む気風は色濃く残っていた。

「その深川の羽織で、一番と讃《たた》えられたのが伊太こと、伊津《いづ》なので。姿形は、なんども一枚絵になるほどであり、さらに三味線を弾かせては師匠裸足《はだし》、踊らせれば出雲《いずも》の阿国《おくに》も顔を伏せるとまで言われたほどの女でございましてな」

「すごいな」

たとえに新左衛門が感心した。

「それほどの女でございまする。木場の旦那衆が争って奪い合ったのでございますが、つい先日、木曾《きそ》屋《や》さんが落籍させました。その金千両」

「千両……」

新左衛門が昼兵衛の口にした金額に絶句した。

「それですめば話はまあ、読売屋《よみうりや》が喜ぶくらいですんだのでございますがね。そうすんなりとはいかなかったのでございますよ。伊太の落籍を木曾屋さんと競ったお方がおられました。同じ木場の材木屋の紀州屋《きしゆうや》さん。この方が、まあ、ずいぶんと伊太にご執心でございましてな。木曾屋さんに負けた後も、このままではすまさないと広言されるありさまで」

「紀州屋は落籍できなかったのであろう。要は金が足らなかった。潔く身を退くのが、江戸の男ではないのか」

天下の将軍の膝元である江戸の男は、未練卑怯《ひきょう》を嫌う。とくに女に未練たらしくまとわりつくなどのまねは、蔑視《べっし》の対象となった。

「まあ、そのあたりは色恋でございますからね。これぱかりは、本人でないと」

昼兵衛がごまかした。

「それで」

先を新左衛門が促した。

「運の悪いことに、紀州屋さんのほうが、木曾屋さんより、暖簾も古く、規模も大きい」

「なるほどな。紀州屋のすることにしたがう者が数多くいるわけだ」

新左衛門が理解した。

「はい。さすがの木曾屋さんも、いろいろあったようでございまして、困り果ててご相談に来られたので。今回の妾にかんしては、わたくしは手出ししていないのでございますがね。かつて木曾屋さんにはお世話になったので、無碍《むげ》にもできませず」

「引き受けたと」

「……………」

申しわけなさそうに昼兵衛が首肯した。

「ただ、条件を付けました」

「条件……」

「はい。まず、伊太を深川から離すこと。深川を出れば、紀州屋さんといえども、あまり馬鹿はできませんからね。深川の役人は、紀州屋さんの金で飼われているようなものでございますが、両国橋《りょうごくばし》をこえれば縄張りの外。町奉行所の役人方への影響力はほとんどないも同じ。そこで無謀なまねをすれば、店に傷が付きまする。千両という落籍金を出さなかったことから見て、紀州屋さんは店を潰す気はないと読みました」

昼兵衛が述べた。

「金を出さずに、女に執着するか。旦那として最低だな」

新左衛門は顔をしかめた。

「えてして、世間はそんなものでございますよ」

笑いながら昼兵衛が言った。

「深川の外に妾宅を用意し、その周辺の御用聞きに鼻薬を嗅《か》がせる。そのための五日だけ、お願いできませんか」

「五日。そのていどならばよいが、今日からか」

「はい」

「……いたしかたない」

「借り一つとさせていただきます」

渋々承諾した新左衛門へ、昼兵衛が応えた。

「場所を教えてくれ、顔見せに行ってくる」

「お願いをいたしまする」

木曾屋の場所と妾宅の位置を書いた紙を渡して、昼兵衛が送り出した。

二

翌日、浅草の路地裏に近い山城屋の前へ、立派な駕籠《かご》がついた。

「主《あるじ》はおるか」

駕籠脇に付いていた侍が、暖簾をあげて問うた。

「わたくしでございますが」

昼兵衛は急いで、出迎えに立った。

「ご身分あるお方じゃ。外から見えぬようにいたせ」

「しばしお待ちを」

番頭に指示して、昼兵衛は表の戸を全部はずし、駕籠が入れるようにした。

「店を閉めよ」

「はい」

供侍の指示に昼兵衛はうなずいた。

「これでよろしゅうございましょうか」

山城屋の暖簾が引かれ、表戸も閉じられた。

「うむ」

首肯した供侍が、駕籠脇に膝をつき、扉を開けた。

「久しぃの」

駕籠のなかから出てきたのは、小姓組頭林忠勝であった。

「これは、林さま」

さすがの昼兵衛が驚愕した。

「本日はどうなさいましたので」

予想外のことに、昼兵衛は立ったままで問うた。浅草の場末、しかも妾屋という世間の陰へ、将軍の寵臣《ちょうしん》という光り輝く出世の道を進んでいる小姓組頭が来るなどありえないことであった。

「ひとまず、座らせてくれぬか」

笑いながら林忠勝が言った。

「申しわけないことを」

慌てて昼兵衛は、奥座敷へ林忠勝を案内した。

「狭いものだな」

上座に腰を下ろした林忠勝が座敷を見回して、率直な感想を漏らした。

「庶民の家はこのていどでございまする。御用商人のみなさまがたならば、もう少し大きいとは思いまするが」

「そうか」

林忠勝が納得した。

「……………」

昼兵衛は待った。高貴な身分を相手にするときは、応答が基本となる。問いかけるのは、無礼にあたった。

「さて、用件というのは他でもない」

十分な間を置いてから、林忠勝が口を開いた。

「女を一人手配してもらいたい」

「……林さまがご入り用でございますか」

思わず昼兵衛が確認した。

「あいにく吾ではない」

「ご無礼を申しますが……」

「わかっておる。そなたが妾屋だとな」

林忠勝が首肯した。

「では、どなたさまのお妾をお求めでございましょう」

「妾ではない」

今までの問答を無にする言葉を林忠勝が言った。

「それでは、わたくしがお役に立てようはずはございませぬ」

ふざけたような林忠勝へ、昼兵衛が首を振った。

「怒るな」

林忠勝がなだめた。

「妾にかんして、そなた以上に詳しい者はおらぬであろう」

「もちろん、わたくし以上のお方はおられまする、が、人後に落ちぬだけの自信は持っておりまする」

妾屋としての自負を昼兵衛は告げた。

「ゆえに力を借りたい」

「お話がわかりませぬ」

昼兵衛は説明を求めた。

「大奥へ女を一人入れたい」

「な、なにを」

思わず大声を昼兵衛はあげた。

「落ち着け。山城屋」

顔をしかめて、林忠勝が叱《しか》った。

「これは、すいませぬ」

言われて昼兵衛が大きく息を吸った。

「大奥に女を入れる。当たり前のことではないか」

林忠勝が嘆息した。

大奥は女の館《やかた》であった。将軍家の私《わたくし》を支えるところとして、七百人をこえる女中たちがいた。

「これが普通の口入れ屋ならば、跳びあがって喜びましょう。ですが、わたくしのところは、妾屋でございまする」

大奥でも上臈《じょうろう》を始めとする目見え以上の女中は、京の公家、あるいは旗本の娘でなければならなかった。だが、それら高い身分の女は、お茶や詩歌音曲《しいかおんぎょく》につうじていても、家事をしたことなどない。当然、その身の廻りのことをする身分の低い女中が要った。

　身分の低い女中は、御家人《ごけにん》の娘などがなる。しかし、それでは足りないのだ。とくに大奥の下働きをする女中ではなく、身分高い女の面倒を見る者がなかなか見つからない。

　給金の安さも原因の一つだが、なんといっても女だけしかいないのだ。男のいない奉公先を望む若い女は少ない。さらに出歩くのも難しく、礼儀作法だけでなく、日常のことまで厳しく制限される。大奥で奉公していたという箔《はく》を求めでもしないかぎり、下働きの女中になりたいという者はそうそういなかった。

　だからといって、大奥である。男は将軍一人しか入れない。その大奥へいかに下働きで、目通りはできないとはいっても、誰でもいいとはいかない。そこで、大奥へ女中を紹介する商売がなりたつ。

　大奥へ女中を入れる。これは名誉であった。江戸城へ紹介できる伝手を持っているというのは、なによりの信用なのだ。

　一人でも大奥へと江戸中の口入れ屋が、願っていた。

「事情は言う。ただし、他言は無用である。他人に漏らせば、命をもってつぐなうことになるぞ」

不意に柔らかかった林忠勝の雰囲気が変わった。すさまじいまでの気迫が昼兵衛へ向けられた。

「……わたくしは妾屋でございまする。男が他人に知られたくない性癖を目の当たりにする商売。口が軽いようでは務まりませぬ。妾屋に他言無用のご懸念は不要にございまする」

圧倒されながらも、昼兵衛は言い返した。

「なるほど」

納得した林忠勝が、気を抑えた。

「大奥に不穏《ふおん》がある」

「不穏でございまするか」

「実情を告げることはさすがにできぬが、上様のご寵姫に害を加えようとした者がおる」

将軍の子供の命が奪われたなど、いかに他言をしないと誓った相手とはいえ話すわけにはいかなかった。林忠勝が、実際をぼやかして話した。

「ご寵愛の方に害を。なんと無謀なまねを」

聞いた昼兵衛はあきれた。男というのは気に入った女を守りたいと思うものである。しかも将軍となれば、十分守るだけの力も権もある。将軍寵愛の女に、なにかしでかして、ばれでもすれば、ただですむはずはなかった。

「これが表のことならば、目付《めつけ》、町奉行を動員し、決して逃がすことはない。しかし、大奥へは手出しができぬ。知ってのとおり、大奥には上様以外の男は入れぬ」

「はい」

昼兵衛はうなずいた。

大奥が将軍以外に男子禁制を取っているのは、徳川家の正統を守るためであった。大奥には将軍の正室を始め、多くの側室たちが住んでいる。歴代将軍のなかには、正室や側室を持たなかった者もいるが、そのほとんどは大奥にかよい、そこで女を抱いた。

男と女が同衾すれば、子ができる。大奥はそのためにある。将軍の血筋を絶やさないために、いや、神君と讃えられた家康の血を受け継ぐために、大奥は設けられた。

すなわち、大奥で生まれた子供はすべて、将軍の胤なのだ。

もし、大奥へ将軍以外の男子が出入りできたら、この前提が崩れることになる。あらたに将軍となった者が、その血筋を疑われれば、幕府がどれだけ混乱するか。少なくとも、御三家御三卿《ごさんきょう》は黙っていない。将軍家に人がないとき、その跡を襲う。その役目を与えられた家が、徳川の血を引いていない将軍を許すはずはなかった。また老中を始めとする幕府役人、旗本もそのような疑いのある将軍にしたがうことはない。たちまち幕府は崩壊の危機に瀕《ひん》する。

「それに、女はわからぬ」

力なく林忠勝が首を振った。

「己の妻でさえ、なにを考えているかわからぬのだ。大奥で女たちがなにを思って生きているかなど、表役人の誰一人として推察できぬ」

「たしかに」

女については詳しい昼兵衛でさえ、理解できていないのだ。殿さまとして、生まれたときから格別扱いされてきた大名、旗本にわかるはずなどなかった。

「まして大奥は、並の場所ではない。生まれにかかわらず、大出世できるところなのだ。それこそ大奥にいる七百からの女たちは、皆、上様のお胤を吾が身に宿したいと考えていると申しても過言ではない。うまく孕《はら》めば、お腹さまとなり、男子を産めばお部屋さまとなる。徳川の一門あつかいを受けることができるのだ。もし、産んだ男子が世継ぎとなられれば、絶大な権力を手にするだけでなく、一族も皆出世できる」

「……………」

じっと昼兵衛が林忠勝を見つめた。

「わかったようだな」

「他の側室さまたちの足を引っ張ると」

昼兵衛は言った。

「そうじゃ」

「まさか……」

「その先を口にするな」

厳しい声で林忠勝が制した。

「上様のおられる江戸城で、不審なことなどあってはならぬ」

「………」

林忠勝の言葉に、昼兵衛は口をつぐんだ。

「上様ご寵愛の側室方をお守りせねばならぬ。なれど今、大奥におる者を信用することができぬ。そこで、大奥のしがらみにかかわりのない女を外から迎えようと考えたのだ」

「お話は承りましたが、とてもわたくしの……」

大奥での争いなどに巻きこまれてはたまらない。昼兵衛は断ろうとした。

「身分など要らぬ。賢く、状況を判断したうえで、的確に動けるだけの女を用意してもらいたい。我らが動くまでの繋ぎでよい」

「……そのようなことのできる女など存じませぬ」

一瞬だけ昼兵衛の否定が遅れた。

「そなたが、今、思い浮かべた女でよい」

すかさず林忠勝が食いこんだ。

「いえ。別に誰かを思い浮かべたわけでは……」

「八重と申したかの。伊達斉村《なりむら》の側室だった女は」

首を振ろうとした昼兵衛を、林忠勝が追い撃った。

「……つっ」

図星を突かれた昼兵衛は詰まった。

「どうして八重さまのことを」

「江戸で起こったことは、すべて幕府の知るところである」

林忠勝が、説明にならない理由を口にした。

「どこまで」

昼兵衛が林忠勝を睨《にら》んだ。

「すべて……とは言わぬ。八重のことを知ったのは、伊達家が持参金目当てに上様の御子を養子に欲しいと言い出したからだ。宝玉に等しい上様のお血筋を与える家のことを調べるのは当然であろう」

「そこからずっと」

「さすがにそこまで余も暇ではないわ」

林忠勝が苦笑した。

「伊達斉村が死んで、八重は伊達家から去らされた。そこで、八重からは興味を失った。代わりに妾屋というものを知った」

「お小姓組頭さまに知っていただくほどのものではございませぬ。妾屋など、明日なくなっても誰一人困りませぬ」

とんでもないと昼兵衛は手を振った。

「おもしろいと思った。いや、すごいと感じた。妾はいわば正室の陰に住む者。決して表に出ることなく、誇れるものでもない。それを商売とする女がいる。武家で側室といえば、跡継ぎを得るために選ばれた女であり、役目は決まっている。だが、庶民は違う。妾は子を産むことが目的ではなく、身体を差し出すことで生活を保障してもらう。一つの商売として妾を希望する女がいることにも驚いた。それ以上に目を見張ったのが、妾屋だ。妾を欲しがる男と、妾になりたがる女を繋ぐ。その手間で金を儲ける者がいるなど考えもしなかった」

「…………」

楽しそうに語る林忠勝に、昼兵衛は沈黙した。

「それだけならば、おもしろいで終わっていただろう。しかし、妾屋の本質はそれだけではなかったの」

「いえいえ。わたくしどもは、手間賃を稼がせていただいているだけの、細かい商《あき》人《んど》でしかございませぬ」

昼兵衛は否定した。

「拝領品の一件を忘れたか」

「なぜ、それを」

三度昼兵衛は驚愕させられた。

「あれを仕組んだのは余じゃ」

「なんと」

囁《ささや》くように言う林忠勝へ、昼兵衛はなんともいえない感情を抱いた。拝領品を質草に取っている商人のもとへ女を世話し、その手引きで盗みに入る。いわば妾が盗人の手助けをした。これは妾屋に悪い評判を与えた。

「拝領品を質入れして金を借りる大名たちが、あまりに多かったのでな。それを戒めるためにおこなった。神君家康さまのご愛用の品や、歴代将軍の筆蹟《ひっせき》が、縁もゆかりもない商人どもの手にあるなど、論外であろう」

「はい」

それに対しては、昼兵衛も同意であった。そんなご大層なものを撒《ま》き散らかされては、首がいくつあっても足りなくなる。

「拝領のお品を借金の形に差し出す前に、することがあろう。金がないなら、ないなりの遣り様はある。家臣を減らす、膳の上に載る品数を減らす、魚を止《や》める。まず、やれることをやって、どうしようもなければ、領地を返上すればいい。返上し、代わりに五千石くらいもらって旗本になれば金もかからぬ。その努力をせず、商人が借財の形に拝領品を差し出せと言うので預けましたなど、話になるまい」

「でございましょうな」

庶民で金が回らなくなれば、最初に切られるのが妾であった。奉公先を涙金で放り出される妾を、昼兵衛は何人も見てきた。

「あれに、そなたはかかわった」

「かかわりたくはございませんでしたが」

昼兵衛も遠慮を止めた。

「吾も、そのつもりはなかった。妾屋などといういかがわしい商いが、天下のお膝元にある。上様のご威光にほんのわずかでも陰ができてはならぬ。これは憂うべきことと思っていた。しかし、あの始末のつけかたが気になった。そこで、もう一度様子を見た」

「東《あずま》さまの一件でございますか」

「うむ」

すぐに理解した昼兵衛へ、林忠勝が満足そうな顔をした。

東とは旗本　東大膳正《あずまだいぜんしょう》のことだ。三千石の寄合《よりあい》旗本が、隠居するについて、身の廻りの世話をしてくれる妾をと昼兵衛に求めてきた。その直前、老中の留守居役と妾の手切れ金でもめたばかりだった昼兵衛は、まったくつきあいのない旗本の申し出を罠ではないかと疑い、十分な準備をおこなった。そして、結果はまさに昼兵衛をはめようとした留守居役の策であった。世慣れた昼兵衛の対処で罠は破られ、老中の走狗に落ちた東大膳正は、かなりの詫び金を取られたうえ、妾と手を切らなければならなくなった。

「あの手順は見事であった」

「畏れ入りまする」

昼兵衛がゆがんだ顔を隠すようにうつむいた。

「ですが、あれは手助けをしてくださった方々のおかげ。わたくしの力ではございませぬ」

「そうじゃな。二人の浪人者、飛脚屋《ひきゃくや》、読売屋、それぞれかなりできる。とくに浪人二人の腕は、秀逸である。だが、それも、山城屋がいればこそである。山城屋をつうじて、二人の浪人者は出会い、共闘した。他の二人も同じ。そなたがおらねば、路上ですれ違うだけであったろう」

謙遜《けんそん》する昼兵衛を林忠勝がさらに持ちあげた。

「…………」

昼兵衛は言葉を出せなかった。

「あきらめるのだな。余はそなたに、そなたの周りにいる者に目を付けた」

「断れば、林さまを敵に回す」

「余ではない。妾屋が幕府を敵に回すことになる」

「なっ」

三都の妾屋すべてを潰すと林忠勝は宣したに近い。昼兵衛は息を呑んだ。

「…………」

脅しに近い一言を口にした林忠勝が黙って、昼兵衛の返答を待った。

「大奥で怖《おそ》れることなく、動けるような女など、町屋で探すより、お旗本のお嬢さまをお使いになられたほうがよろしいのではございませんか」

「使えるならば、使うわ」

吐き捨てるように林忠勝が言った。

「旗本の娘などに、目通りもできぬ下働きの女中ができるとでも」

「…………」

下働きの女中は家事全般につうじていなければならないだけでなく、身分ある女中から侮《あなど》られる毎日を送ることとなる。朝は夜明け前に起き、寝るのは仕える主が休んでから、休みはなく、好きなものを食べることさえできない。それだけではない。正室に仕える女中に気を遣い、主以外の側室と競い合う。起きてから寝るまで、休まる間もないのだ。この日常に耐えられるのは、喰《く》うや喰わずの生活を経験したことのある庶民でなければ、まず無理であった。

「なにより、その旗本が信用できぬ」

「そうでございましょうなあ」

昼兵衛は理解してしまった。旗本が信用できるなら、そもそもこの話は起こらなかった。

「どこでどう繋がっているか、旗本と側室方のかかわりは調べきれぬ。上様のお心にそわぬことをしでかす者がおるなど情けない」

「利害は忠誠をこえますようで」

伊達藩が八重の命を狙《ねら》ったことなどから、昼兵衛は武家の忠義を信用していなかった。

「わかっていて、断ろうとしたのか」

林忠勝が昼兵衛を咎めた。

「当然でございましょう。御上《おかみ》とかかわるなど、とんでもないことで。自ら厄災を招くようなまねをしたがる者などおりませぬ」

「御上は厄災か」

昼兵衛の言いぶんに、林忠勝が苦い顔をした。

「で、覚悟はできたな」

「いたしました。避けられぬのならば、少しでも害を受けぬようにうまく動くほうが、ましでございまする」

「うむ」

林忠勝が首肯した。

「それでこそ、余が見こんだ男よ」

思いどおりの結果に、林忠勝が喜んだ。

「一つだけ条件がございまする」

「申せ。金のことならば、十分に手厚くしてやるぞ」

機嫌良く林忠勝が促した。

「八重さまに、上様のお手が付かぬよう願いまする」

「……なんだと」

林忠勝の声が低くなった。

「大奥は一人上様のためにある。上様がお望みになれば、拒むことなど許されぬ。女の身で将軍家のお情けをいただける。これほどの栄誉があるか」

「本気で仰せられておられるならば、このお話は無理でございますな」

怒る林忠勝に、昼兵衛は淡々と言い返した。

「なぜだ」

「八重さまは、ご寵愛のご側室、その御身の廻りを調べるために大奥へ入るのでございましょう。その八重さまが寵愛を受けてしまえば、調べることなどできますまい。上様のお手が付いた女に下働きはさせられますまい」

「…………」

林忠勝が沈黙した。

「なにより、八重さまに手が付けば、たちまち注目を集めましょう。あらたな寵姫の出現は、既存の方々の脅威であり、未《いま》だ上様のお手が付いていない女たちにとっては嫉妬の対象。それこそ、八重さまを守るための女中が要りようになりまする。堂々巡りで」

「……たしかに」

難しい顔をしたが、林忠勝も同意した。

「わかった。上様にはお願いしておこう」

「あと八重さまの宿下がりを」

もう一つ条件を付けた。

「わかっておる。期間を決めておこう。とりあえず三カ月でよい」

「結構でございまする。わたくしからお願いすることはそのていどで。八重さまのお願いは、また別に」

「弟のことだな。わかっている。大学頭《だいがくのかみ》家での修養を終えたならば、旗本として出仕できるように手配をいたそう」

「そこまでお調べで……」

「当たり前だ。上様のお側近くで遣うのだ。徹底するのが当然」

林忠勝が胸を張った。

「……きっとお忘れなきよう」

昼兵衛は念を押すしかなかった。

「一つ教えておこう」

立ち去りかけた林忠勝が背を向けたままで告げた。

「大奥のなかでの手助けはできぬ。代わりに、大奥に出入りする人とものを取り仕切る御広敷《おひろしき》は抑えておく。といっても安易に頼られては困るがな」

言い残して林忠勝が去っていった。

三

林忠勝を見送った昼兵衛は一人、苦吟していた。

「八重さまはいい。弟さまの出世とあれば、喜んで大奥にあがられよう。問題は大月さまだ」

大きく昼兵衛が嘆息した。

「反対なさるであろうな」

新左衛門は伊達藩士だったころ、藩主斉村の側室八重の警固役であった。お家騒動に巻きこまれた八重を守り、襲い来た同僚たちを斬った。その結果、伊達藩にいられなくなり、浪人した。

「だからあれほど、さっさと口説いておしまいなさいと申しあげていたのに」

昼兵衛が一人愚痴《ぐち》った。

「人妻ならば、大奥へあげることを拒めた。いや、それほど林さまは甘くないか」

林忠勝の真意が、己を巻きこむことにあると昼兵衛は理解していた。

「なぜに妾屋にこだわられるのか。今回のことは端緒に過ぎない気がしますね」

嫌な予感を昼兵衛は覚えていた。

「まあ、御上に逆らっていいことはありません。かといって尽くしたところで林さまが恩に着てくれるとは思えませぬけれど、敵対するよりはましでございましょう」

昼兵衛は立ちあがった。

「どれ、八重さまにお目にかかりにいく前に」

店を出た昼兵衛は、少し離れた棟割り長屋へと足を向けた。

「いるかい」

「勝手に入ってきてくれ。今手が離せないんでな」

戸障子の外から問いかけた昼兵衛へ、なかから声が返ってきた。

「邪魔をするよ。新しい読売かい」

「こりゃあ、山城屋さんでしたか。無礼な口調をいたしました」

紙に字を書きながら、海老《えび》が謝った。

海老は浅草界隈《かいわい》を根城としている読売屋である。それこそ、どこの看板娘が妊娠したから、老中の評判まで扱う。

「なにかあったのかい」

「たいしたことじゃございませんがね。大川で土左衛門があがったんでさ。その土左衛門が女でござんしてね」

「女の身投げかい。さほど珍しいとは思わないが」

昼兵衛が首をかしげた。岡場所に売られたり、男に捨てられたりした女が、川へ身を投げることは、たまにあった。男の身投げと違い裾《すそ》が乱れるなどもあり、女の土左衛門と聞けば野次馬が集まるのはたしかである。しかし、水から引きあげられてすぐに筵《むしろ》などで覆われてしまう。急いで読売を出してもその姿を見ることは難しい。

「それが、ただの女じゃないんで」

海老は筆を休めなかった。

「ただの女じゃない……」

「御殿《ごてん》女中なんで。よし」

書きあげた海老が、ようやく顔をあげた。

「ちょいとこれを届けてきやす」

返事も待たず、海老が原稿を持って出ていった。近くに住んでいる版木彫りのもとへ行ったのだ。

「……御殿女中」

一人残された昼兵衛が繰り返した。

「お待たせをいたしやした」

待つほどもなく、海老が戻ってきた。

「さきほどの話、ちょいと詳しく聞かせてくれるかい」

昼兵衛は懐から一朱取り出して、渡した。読売屋は事件や町の噂を集めて、それを売って商売している。話をさせるには、金が要った。

「へい」

金を受け取った海老が話し始めた。

「場所は浅草駒形堂《こまがたどう》の少し南。今朝《けさ》、堂守《どうもり》の男が見つけたそうで」

駒形堂は浅草寺《せんそうじ》の起源ともいうべき場所である。

推古《すいこ》天皇の昔、漁師の兄弟が網を投げたところ、一体の仏像がこれにかかった。

この仏像が浅草寺の本尊である聖観音《しょうかんのん》である。駒形堂は、この観音像が上陸された場所に建てられたもので、馬頭観世音菩薩《ばとうかんぜおんぼさつ》を祀《まつ》っていた。

「よく間に合ったな」

昼兵衛が感心した。

同じ浅草とはいえ、話を聞いてから駆けつけたのでは、そこそこときがかかる。その間に土左衛門の姿は隠されてしまうことが多かった。

「お町《まち》じゃございません。駒形堂でやすからね。あそこはお寺社の管轄で」

海老が笑った。

お町とは町奉行所のことであり、お寺社とは寺社奉行所を指した。駒形堂は浅草寺の境内《けいだい》であり、そこは寺社奉行所の範囲であった。

「なるほどな。寺社奉行さまでは、なかなかだろう」

「さすがに、今朝方のことでございんすから、今ごろは隠されていやしょうがね。お町の旦那衆に比べて一刻《とき》(約二時間)はのんびりされてますから」

納得した昼兵衛へ、海老が付け加えた。

「しかたないことだが、仏さんもついてないね」

昼兵衛もあきれた。

町奉行所と寺社奉行所には大きな違いがあった。その管轄地が町民地と寺社並びに門前町と区別されているのはもちろん、それ以外にも差があった。

その最大のものが、構成している役人であった。町奉行所の役人が役所に付属しているのに対し、寺社奉行所の役人は大名の家臣なのだ。

これは町奉行が旗本役であることと、寺社奉行が大名役であることによった。旗本では家臣の数が足りないからと、最初から町奉行所には与力《よりき》同心が付随している。これは大きな戦力であった。町奉行所に付随している与力同心は、代々その役目を受け継ぐため、内容に精通している。対して、寺社奉行所の役人は大名の家臣が、その役目にある間だけ任じられるので、まるきり素人《しろうと》同然であった。

町奉行所の与力に比肩する大検使、同心と同じ役目である小検使とともに、そのような状態では、迅速な対応など望むべくもなかった。

「で、見たんだろ」

「しっかりと」

海老が首肯した。

「もったいないほどの美人でやした。髪はほどけてやしたが、それがまた白い顔にかかって、凄惨《せいさん》なほどの色気で」

「御殿女中だとどこでわかった」

「着ているものが違いやした」

武家と町民では、髪型から衣服まで違っていた。

「なにより、あの雰囲気は、武家育ちじゃないと出やせんよ」

「死人の育ちがわかるのかい」

断言する海老に昼兵衛は疑念を口にした。

「顔つきが違いましょう」

「たしかに、違うがね。あれは目の違いだよ。死んでしまえば、目はどれも虚《うつ》ろで、武家も町人もなくなると思うが」

女にかんして、妾屋ほど詳しい者はいない。

「あっしもそう思ってやしたが、考えをあらためました。あの女土左衛門を見れば、旦那もすぐにご理解いただけましょう」

「そこまで言うか。是非見たかったね」

　昼兵衛は気になった。

「行ってご覧になりますか」

「もう遅いだろう」

　そう言う昼兵衛へ、海老が口の端をゆがめた。

「どうしてあっしが駒形堂での出来事を知ったとお思いで」

「……伝手があると」

「浅草寺さまは、読売にとってたいせつな話題元で」

　海老が告げた。

「なるほどな。ご開帳から縁日など、お寺社には世間に報《しら》せたいことがままあるな」

　昼兵衛が納得した。

「持ちつ持たれつで」

　すでに海老は雪駄《せった》を履いていた。

「行きやしょう。読売は刷《す》るのにもう少しかかりやすので」

「悪いね」

あとに続いて、昼兵衛も長屋を出た。

浅草寺境内とはいえ、駒形堂は二丁（約二百二十メートル）ほど離れている。一種の飛び地のような形であった。

「人が集まっているね」

「でござんすね。こちらから回りやしょう」

野次馬を避けて、海老が昼兵衛を案内した。

「ちょいと通しておくれな」

川沿いは浅草寺領である。普段は誰が入っても咎めない。しかし、さすがに今日は番人がいた。

「海老さんかい。あまり派手にしないでくれよ」

顔なじみらしい寺男が注意した。

「わかっているとも。遠くから見るだけだからね。今度、一杯おごるから」

「頼んだよ」

両方の意味の籠もった言葉を寺男が返した。

「こちらで」

川沿いを海老が進んだ。

「あそこか」

人だかりが見えた。昼兵衛は目を凝らした。

「お侍はお寺社でございましょう」

数人の武家がなにをするでもなく、立っていた。

「お坊さまが一人いるね」

「ああ。あの方は栄然《えいぜん》さまといわれまして、こういうもめ事のようなものを担当しておられる役僧さまでございますよ」

海老が答えた。

「顔見知りのようだね」

昼兵衛が呟《つぶや》くように言った。

栄然がこちらを見て近づいてきた。

「海老ではないか。ここまで来てはならぬというに。寺男はなにをしているのだ」

咎めるような口調で栄然があきれた。

「わたくしが無理を申しましたので。寺男さんを、あまりきつくお叱りなさいませんようにお願いいたしまする」

珍しく海老がていねいな応対をした。

「こちらはどなただ」

栄然が昼兵衛へ顔を向けた。

「お初にお目にかかりまする。ご門前近くで人入れ稼業をさせていただいておりまする山城屋昼兵衛にございます。以後お見知りおきいただきますよう」

昼兵衛は腰を曲げて名乗った。

「ほう。おぬしがあの山城屋どのか」

ほんの少し栄然が目を大きくした。

「あのと仰せられましても、どのような評判が立っておりますやら」

言われて昼兵衛が困惑した。

「いや、申しわけないことをした。お忘れいただきたい」

栄然がそこで話を打ち切った。

「阿闍梨《あじゃり》さま。あの方たちは寺社奉行所の」

海老が問うた。

「うむ。大検使どのが一人、小検使どのが二人来られたのだが……」

栄然が難しい顔をした。

「なにをしていいか、わからないと」

「有り様はそうじゃな」

嘆息しながら、栄然がうなずいた。

「町方《まちかた》なら、さっさとそのへんの自身番か大番屋へ仏さまを移し、そこでお調べになるのでございますがねえ」

「死者を迎え入れるのが寺の役目とはいえ、この状態を続けられるのはちと困る」

栄然が本音を漏らした。

「町方にお預けなされたらいかがで」

「認めてはくださるまい。お寺社奉行所の顔にかかわるでな」

言う昼兵衛へ栄然が首を振った。

「いかがでございましょう。土左衛門のあがった場所をずらしては」

「ずらす……」

栄然が首をかしげた。

「この駒形堂は、お寺社の管轄でございますが、すぐそこは大川の河岸。河岸は町方のご支配でございましょう。駒形堂の堂守さまが、朝方河岸に流れ着いている女を見つけ、哀れと思って引きあげてやった。こうすれば、寺社奉行さまの手を煩《わずら》わせずともすみましょう」

「ごまかすようだが……」

昼兵衛の提案を栄然は思案した。

「助け船になるのではございませんか。寺社奉行のお役人さまにしてみれば、面倒ごとを町方に押しつけられまするし」

「町方の機嫌《きげん》が悪くならぬか」

「多少は悪くなりましょう。そこはまあ……」

最後まで昼兵衛は言わなかった。

「金か」

栄然がしわい顔をした。

「お出入りの御用聞きはございませんか」

「ないわけではないが……」

問われた栄然が口ごもった。

御用聞きとは、町方役人の手下として働いている町人のことだ。町方役人から十手《じって》と取り縄を預かり、縄張り内のもめ事などをまとめる。ちょっとした商家などは、御用聞きとのつきあいをかかさない。これは、店でなにか起こったとき、すばやく内々に処理してもらうためであった。

「あまり親しくはされておらぬと」

「…………」

栄然が黙った。

お寺は町奉行所とのつきあいが薄い。なにかあっても、その管轄は寺社奉行所になるからである。

「このあたりなら炭屋の旦那でございましょう。わたくしも知らない仲ではございませぬ。お口添えさせていただきましょう」

助け船を昼兵衛は出した。

「頼めるかの」

すがるように栄然が昼兵衛を見た。

「はい」

「では、わたくしが親方を呼んできましょう」

うなずいた昼兵衛を見て、腰軽く海老が走っていった。

四

「山城屋どの。少しお話をよろしいかな」

海老の背中が見えなくなったところで、栄然が言った。

「なんでございましょう」

「人入れ屋をなさっておられるとのことでござるが……」

「お気遣いなく。遠慮なく妾屋と言ってくだされればけっこうで」

昼兵衛はほほえんだ。

「そう言ってくださると気が楽になりまする。妾をする女というのはどういうものなのでございましょう」

「どういうものと仰せられましても、ただの女だとしか言えませぬ」

質問の意図を悟りながら、昼兵衛はあえてそう言った。

「本来貞操は守るべきでございましょう」

「はい」

すなおに昼兵衛は同意した。

「姦淫《かんいん》は罪でございますぞ」

「死ぬよりましでございましょう」

栄然へ昼兵衛は言い返した。

「もちろん、好きで妾をする女もおりまする。ですが、そのほとんどは食べていくため、やむなく妾となっているのでございまする」

「食べていくため……」

「さようで。人は生きて行くために糧《かて》がなくてはならず、糧を得るには代償が要りまする。主君から禄をもらう、田を耕して実りを手にする。これらの代わりが妾にとって、閨ごとなだけ」

昼兵衛は述べた。

「阿闍梨さまたちは御仏《みほとけ》に仕え、民を救うことで、喜捨を得て生きておられる。すべて同じでございまする」

「妾を卑下《ひげ》するは、己を否定するに等しいか」

難しい顔で栄然が言った。

「人は生きねばなりませぬ」

「そうであったの。人殺しや盗人《ぬすっと》などは論外だが、生きていくために努力することは御仏の意にかなう」

己に言い聞かせるよう、栄然が口にした。

「あまり難しくお考えにならずともよろしゅうございましょう。古来、力のある男は、何人もの女を手にしておりました。神君家康さましかり、ご当代の上様しかり」

わかりやすい例を昼兵衛は述べた。

「でござるな」

栄然が同意した。

「親分にお話を付けて参りました」

海老が帰ってきた。

「では、そのようにお報せいたしましょう」

寺社奉行所の役人へと栄然が歩いて行った。

「なにやら難しいお話をなさっていたようで」

「見ていたのかい」

「……へい」

確認された海老が申しわけなさそうに首を縦に振った。

「親分のもとへ走ったのではなかったのか」

昼兵衛が少しだけ声を低くした。

「その野次馬のなかに親分が交じっていたのを、さきほど見つけていやして」

海老が白状した。

読売屋は耳が早くなければならないだけでなく、目敏《めざと》くなければ務まらなかった。いつも周囲に目と鼻と耳を向けていなければ、いい読売屋にはなれなかった。

「さすがだね」

口調を昼兵衛は戻した。

「あの栄然さまですがね。少しばかりややこしいことに巻きこまれておられるようで」

「妾がらみだね」

「やはりお気づきでございましたか」

「あれだけ妾のことを気にしていればわかる」

感心する海老へ昼兵衛が告げた。

「管長さまの交代かい」

「そこまで……」

海老が目を剝いた。

「種明かしをするとね、先日、新しく管長になられるお方さまの妾番を山形さまにお願いしたことがあるのだよ」

昼兵衛が告げた。

「それで」

言われて海老が理解した。

「栄然さまは、管長さまと近い」

「へい」

海老が認めた。

「なるほどな。それで悩まれたというわけか」

「まじめなお方なのでございますよ。だから貧乏くじを引いていると」

同情の眼差《まなざ》しを海老が栄然へと向けた。

「応対でも、参拝に来る老中や大名などの応接をするのは、次か次の次の管長になるお方の仕事ですがね。役人、それも不浄役人を相手にする。それは、下《した》っ端《ぱ》の役目」

「可哀想だと思ってはいけないね。人の世には誰かがしなければならない役目というのがある。それをこなす人を哀れんでは失礼だ。人のしたがらないことをする。その人を尊敬しなければね」

諭《さと》すように昼兵衛が話した。

「どうやら、寺社奉行所のお役人は帰るようでござんすね」

三人の侍があからさまにほっとした様子で歩き出していた。海老が目で示した。

「面倒ごとは誰でも嫌だからな。とくに寺社奉行から若年寄へとあがっていく有能なお方にとって、少しでも傷になりかねない厄介《やっかい》ごとは避けたいだろう」

　昼兵衛は冷たい目で、侍たちを見ていた。

「呼んでおられますよ」

「せっかくだ、行こうか」

　栄然の手招きに二人は応じた。

「おかげで、話は無事にすみましてござる」

　二人を迎えた栄然が、礼を言った。

「いえいえ。本番はこれからでございましょう」

　まだ土左衛門は、そこに寝ていた。

「なに、すぐに町方が引き取ってくれる」

　栄然が筵へ手をかけた。

「お顔をご覧になられますか」

「お願いできまするか」

　問いかけに昼兵衛は求めた。

「南無阿弥陀仏」

念仏を口にしながら、栄然が筵をめくりあげた。

「……………」

一目見て昼兵衛は息を吞んだ。

「あたら若い命を……」

栄然が悔やんだ。

「……ありがとうございました」

両手を合わせて昼兵衛は、筵を戻すようにと頼んだ。

「海老さん」

筵をふたたび被《かぶ》せて、栄然が海老に声をかけた。

「お任せを」

海老が野次馬の列へと近づいた。

「親方」

「おう」

声に合わせて野次馬のなかから、貫禄のある中年の男が二人の手下を連れて進み出た。

「まったくややこしいことをさせやがる」

文句を言いながら昼兵衛に親方が近づいた。

「山城屋さんの入れ知恵だろう。世慣れてない坊さんや、世のなかを読売の種だとしか考えてない海老では思いつかないぜ」

「炭屋の親方、ごくろうさまで」

言い当てられた昼兵衛は苦笑いを浮かべた。

「まあ、これで駒形堂付近も親方の縄張り内になったのでございますから、よしとしていただきましょう」

「そのつもりだ。でなきゃ、後始末だけに出張《でば》りはしないよ」

炭屋が笑った。

理由付けはどうあれ、ここは駒形堂の敷地内なのだ。本来、参拝目的でないかぎり、町方が足を踏み入れることは許されない。

しかし、今回は堂々と十手を振り回して入れる。なにせ、相手の求めがあった。

これは前例となった。そしてなにより、浅草寺へ貸しを作ったことが大きかった。

「いつも掏摸《すり》とかが浅草で仕事したあと、このあたりに逃げこみやがる。駒形堂から川へ抜けられては、こちとらの縄張りをはずれてしまうから、歯がみをして見送るしかなかったんだが、これで捕まえられる」

　うれしそうに炭屋が言った。

　炭屋鶴兵衛《つるべえ》は北町奉行所定町廻り同心生島夜五郎《いくしまやごろう》から十手を預かっている。本業は名前のとおり炭屋であるが、店は弟に任せて御用聞きに専念していた。商家の多い浅草を縄張りとしているおかげで、付け届けにはことかかず、賄《まいない》を要求したりしない、評判のよい御用聞きであった。

「おい」

「へい」

　顎《あご》で命じられた手下が、筵をめくった。

「……いい女じゃねえか」

　顔を見た炭屋鶴兵衛が感心した。

「歳のころも二十五、六。少し薹《とう》はたっちゃいるが、町を歩けば目立つな」

　炭屋鶴兵衛が土左衛門の側へ屈《かが》んだ。

「この硬さなら、死んでまだ半日というところか」

口を開けようとした炭屋鶴兵衛があきらめた。代わりに十手を少しだけ空いた口から突っこんだ。

「……毒は飲まされていないな」

炭屋鶴兵衛が、引き出した十手の先を見た。

「わかりますか」

「十手には、銀が鍍金《めっき》されている。毒に触れると銀は黒くなるからな」

不思議そうな昼兵衛へ、炭屋鶴兵衛が答えた。

「………」

続いて衿元を拡げた。

「おい。壁になってやらねえか」

露わになった乳房に見とれていた若い手下を炭屋鶴兵衛が叱った。

「すいやせん」

慌てて若い手下が後ろを向き、野次馬の目から女をかばった。

「刺された跡も、当て身を喰らった様子もないな」

血の気を失った白い肌に異常は見受けられなかった。

「これで違ったら、覚悟の入水だな」

独《ひと》り言《ごと》のように呟いて、炭屋鶴兵衛が女の足下へ回った。

「裾をめくれ」

「へい」

手下が女の着物の裾を大きく開いた。

「ほう」

思わず海老が声をあげた。

「おい」

昼兵衛が注意した。

「すいやせん。思いの外《ほか》濃かったもので」

みょうな言いわけを海老が口にした。

「男を知らない……」

女のことを昼兵衛ほど知っている者はいなかった。

「妾屋の旦那もそう見たかい」

炭屋鶴兵衛が昼兵衛を見上げた。

「少なくとも、ここ何カ月かは男に抱かれていないね。男を受け入れていたならば、もっと毛はこすれて短くなる。ときどき男と寝ているならば、ここまで伸びることはまずございません」

昼兵衛が説明した。

「おいらも旦那からそう教えられた。実際、見るのは初めてだが、水に濡れたせいもあるとはいえ、長いな」

驚きながら炭屋鶴兵衛が女の密《ひそ》かどころへ十手の先を忍ばせた。

「……くっ」

しばらくして引き出した炭屋鶴兵衛が絶句した。

十手の先に赤黒い固まりが付いていた。

「血だな」

炭屋鶴兵衛が緊張した。

「どう思う」

「月のものにしては多すぎましょう」

訊かれた昼兵衛が首を振った。

「身投げじゃねえな。戸板を用意しろ。筵を戻せ。大番屋へ運ぶぞ。おいらは旦那に報告してくる」

　一気に炭屋鶴兵衛の雰囲気が変わった。

「なかまであらためないとわからないが、女陰の奥を刃物で突いて殺してから、川へ放りこんだのだろう。ここにあがって半日というならば、昨日の夜中、吾妻橋《あづまばし》から投げたというところか。昨夜は満潮だったから、少し川の流れが緩《ゆる》やかだったしな」

　すばやく炭屋鶴兵衛が推理した。

「山城屋さん」

「なんでございましょう」

「どこの女だと思いますかい」

　炭屋鶴兵衛が尋ねた。

「指先に荒れもなく、白足袋《しろたび》を履いている。この年齢にして男の経験はないに等しく、身形《みなり》はいい。子を産んだこともなさそう。どこぞの武家の奥に勤める女でございましょうなあ」

「理由を教えてもらっても」

重ねて炭屋鶴兵衛が問うた。

「指先が荒れていない。これが水仕事をしたことがない証拠。かといってそこそこ裕福な家のお嬢さまなら、この歳まで独り身というのはまずございますまい。お旗本の姫さまなら、十五、六。商家の箱入り娘でも十八、九で嫁に行くのが普通でございましょう。嫁に行けば、眉を落としお歯黒に染める。しかし、この仏さんは、なにもしておられない。となれば、武家の奥向きに奉公する女くらいしか」

昼兵衛が述べた。

「面倒そうだな。まあいい、助かった。では」

手を振って炭屋鶴兵衛が離れていった。

「旦那、あっしらも帰りやしょう」

海老が促した。

「顔を覚えたかい」

「もちろん」

「人相書きを作って、それを読売で売ってくれないか」

「知っている者を探すおつもりで」

小声で海老が問うた。

「ああ。かかわりができそうな気がしているのでね」

林忠勝の顔が、昼兵衛の脳裏に浮かんでいた。

第三章　大奥夜の闇

一

八重を大奥へ入れる。これは決定していた。

「どうやって、八重さまを無事に守るか」

昼兵衛は苦吟していた。

いわば妾の総本山のような大奥だが、いかに妾屋といえども足を踏み入れることはできなかった。

「林さまもあてにはなりませぬし」

十一代将軍家斉の寵臣といえども、男であるかぎり、大奥へ入ることはできなかった。

「困りましたね」

山城屋の奥で、一人昼兵衛は悩んでいた。

「さすがに大奥へ奉公したことのある女など知りませんし」

大奥は終生奉公という。一度入れば生涯出られないとの意味である。親の葬儀にも参加できないという噂まであった。もっとも、それは目見え以上の身分にかぎり、下働きの女中は数年ほどで辞められた。

「いても口外禁止でしょうなあ」

昼兵衛は嘆息した。

「考えていてもしかたない。八重さまにお話をせねば」

無駄にときを過ごすわけにはいかなかった。林忠勝は近いうちに迎えに来ると言っていたのだ。しばらく家を空けることになるだけに、八重にも準備はいるはずであった。

「……気が重いねえ。これだけで縁が切れるとは思えないし」

林忠勝に目を付けられた。昼兵衛は、先が思いやられた。

八重と大月新左衛門が住んでいる長屋は近い。昼兵衛はすぐに着いた。

「ごめんくださいｏ。山城屋でございまする」

戸障子の外から、昼兵衛は声をかけた。

「どうぞ」

「失礼をいたしまする」

許可を得て、昼兵衛は戸障子を開けた。

「ご無沙汰をいたしております る。八重さまにはお変わりもなく」

「こちらこそ、お世話になっておきながら、ご挨拶もいたしませず、申しわけもございませぬ」

挨拶を受けた八重が、動かしていた針を置いて一礼を返した。

「少しよろしいでしょうか」

「今、白湯《さゆ》を」

「ありがとうございます」

昼兵衛は遠慮しなかった。白湯を用意する間に昼兵衛はどう切り出すか、考えたかった。

「どうぞ」

だが、白湯はすぐに出された。

「畏《おそ》れ入りまする」

礼を述べて、昼兵衛は湯飲みを受け取った。

「……………」

一口啜って、昼兵衛は八重を見た。

「八重さま」

「はい」

八重が昼兵衛を見つめ返した。

「お仕事をお願いいたしたく」

直截《ちょくせつ》に昼兵衛は言うしかなかった。

「……妾をしろと」

言われた八重が、表情を硬くした。

「いいえ。わたくしは妾屋をしておりまするが、望まない方に妾を押しつけるようなまねだけはいたしませぬ」

昼兵衛が首を振った。

「では、仕立物でございますか」

八重は着物の仕立てを仕事とし、糊口《ここう》を凌いでいた。

「いえ。女中奉公なのでございまする」

「女中……」

戸惑うような口調で、八重が繰り返した。

「ご奉公をいたす気はございませぬ」

八重が断った。

「…………」

「山城屋さま……なにか」

辛《つら》そうな顔をした昼兵衛を、八重が気遣った。

「お断りいただけないのでございますよ」

「どういうことでございまするか」

八重が問うた。

「先日……」

林忠勝が来て以来のことを昼兵衛は語った。

「…………」

苦渋に満ちた顔で説明する昼兵衛に、八重が黙った。

「御上を敵に回すわけには……」

「……はい」

八重が同意した。

「期限は区切りました。あと、日当は相当に頂戴いたしましょう。お身の保証もしていただきました」

昼兵衛は、八重の説得にかかった。

「弟をお召し抱えいただけるというのは、たしかでございまするか」

「はい。禄はさほど出せぬと仰せられましたが、お目見え以上の身分で旗本として迎えてくださると明言されました」

「ならば、お引き受けいたしましょう」

八重がうなずいた。

「……八重さま」

求めておきながら、昼兵衛は泣きそうな顔をした。

「弟さまをそこまで……」

「菊川《きくかわ》の家を興す。それがわたくしの役目」

強い口調で八重が言った。

「ご自身を犠牲にされなくとも」

「犠牲になるのはわたくしだけで終わらせたいのでございまする」

八重が首を振った。

「武家の家に生まれた者は、家名を続けなければならぬ義務を負いまする。働かず、禄をいただいている代償でございまする」

「…………」

昼兵衛は八重の気迫に息を呑んだ。

「生まれてしばしの間とはいえ、わたくしも武家の娘として不足のない生活を送らせていただきました。毎日の糧を心配しなくていい暮らしでございました。しかし、ある日お手元逼迫《ひっぱく》につきという理由で、百年以上にわたって仕えてきた主家《しゅか》を放逐《ほうちく》されてしまいました。その理不尽さに一度は憤慨《ふんがい》いたしました」

「無理もございませぬ」

八重の言葉に、昼兵衛は同意した。

武家は先祖の功である禄を無為徒食するだけであった。もちろん、藩政に携わり殖産に尽くす者もいるが、これとて藩主が命じるからである。

忠義という根本の枠組みのなかで生きている武家は、勝手に動くことができない。

役に立たないからといって、藩主が家臣を切り捨てるのは、道具を使おうともせず、放棄するのと同じであった。適材適所を考えず、ただ禄を減らしたいためだけに、人を切り捨てるしかできない藩主こそ、無能だと昼兵衛は考えていた。

「ですが、それは甘えでしかございませんでした。菊川家の禄は、戦国のおり、先祖が命をかけて得たもの。一族を死なせ、傷負い、やっとの思いで手にした禄。それを当たり前のように、いえ、なにも感じることなく受けていた。そして禄を取りあげられたからと言って嘆くだけ。それは先祖への侮辱であると気づきました」

「…………」

昼兵衛は八重の考えに感心していた。

「禄を得るには、それ相応の犠牲が要る。しかし、泰平の世となった今では、戦って手柄を立てることなどできませぬ。では、なにをすべきなのか。もう、武ではなく文の世。そう考えた結果、わたくしがお金を稼ぎ、弟を勉学の道へ進ませるしかないと。ですが、女の身で、弟に勉学を付けるだけのお金を得るのは難しく、いたしかたなく妾になることを選びました。男は家を作るため、戦場で命をかける。ならば女は閨で操《みさお》をかけるしかございますまい」

八重が滔々《とうとう》と語った。

「武家にとって、名前は命よりも重い。そして女にとって操は命と等しい。お見事な決意でございまする」

深く昼兵衛は頭を下げた。

「代償を差し出さず、実りだけを欲しがる輩《やから》が増えているときに、八重さまの決意」

昼兵衛は八重を見つめた。

「お仕事のほうはよろしいので。仕立物の期限がございましょう。すっぽかしてしまっては、大奥から戻ってきたときに困りましょう」

「大事ございませぬ。今受けているお仕事はこれだけでございますれば」

八重が問題ないと応えた。

「はい。では、後日お迎えにあがりまする。あとこれを……」

懐から小判を数枚取り出して、昼兵衛が八重のほうへと押した。

「これは……」

「大奥へ入られるとなれば、なにかとご入り用のものも出て参りましょう。これで、おそろえを」

昼兵衛が支度金だと言った。

「謂《い》われのないお金を戴《いただ》くわけには参りませぬ」

八重が拒んだ。

「ご安心を。このお金はのちほど林さまからお返しいただきまする」

仕立物の賃金だけで女一人喰えはしても、蓄えなどできるはずもない。それでも金を欲しがらない気高さに、昼兵衛は感心した。

「それに、このていどの金で、恩を売ろうというほど、わたくしは吝嗇《りんしょく》ではございませんよ。もっとも取れるときには、遠慮しませんが」

昼兵衛が笑った。

「そういうことならば、お借りいたしまする」

「どうぞ」

用件を終えたと昼兵衛は立ちあがった。

「あの……」

少しためらいながら、八重が声をかけた。

「なんでございましょう」

昼兵衛は訊いた。

「大月さまは」

「はい。今お仕事をお願いいたしておりまして。たぶん三日後にはお帰りになられましょう」

「それでは会えませぬね」

残念そうに言いながらも、安心したといった雰囲気を八重が出した。

「どうかなさいましたか」

「いいえ。わたくしが大奥へあがるというのを知られずにすむと思いまして」

　八重が述べた。

「……では、これで」

　一拍の間を生んだが、昼兵衛は八重の家を出て、開け放していた戸障子を閉めた。

「やれ、不器用な方たちだ」

　小さく昼兵衛はため息をついた。

「大月さまがおられたならば、かならず八重さまの大奥行きを止められただろう。だが、それは大月さまのおためにはならない。林さまのご機嫌を損ねることになる。八重さまは、それを気にされている」

　ゆっくり足を進めながら、昼兵衛は独りごちた。

「大月さまは、八重さまを危険な大奥などへ行かせないと言われるだろうねえ。事情を知ったうえでも変わるまい。長屋へ帰ってきて八重さまが大奥へあがったと知ったら……それをわたくしが、手配したと知ったら……恨まれるだろうねえ」

　大きく昼兵衛はぼやいた。

「一途《いちず》なのは良いけれど、もう少し大きく世間を見ないとねえ」

　昼兵衛が呟いた。

二

江戸城で将軍の動ける場所は少ない。居室であるお休息の間と散策する中庭、そして大奥くらいであった。もちろん、謁見をする黒書院や、白書院、大広間などへも行くが、これは仕事の一環でしかなかった。

「もううう」

久しぶりに中奥のお休息の間で夜を過ごした家斉は、小姓のみょうに間の抜けたかけ声で起こされた。

「お目覚めでございまする」

夜具の足下に座っていた別の小姓が、家斉の起床を確認した。

「お掃除を始めよ」

林忠勝が、お休息の間外の入《い》り側《がわ》で待機していた小納戸たちへ指示した。

将軍の側近くに仕えるのは小姓だけでなく、小納戸がいた。小姓が将軍の警固を主たる任とするのに対し、小納戸は掃除や身支度、食事の用意など日常のことを担当した。

身分は小姓が上になる。また、将軍家の居室であるお休息の間の管理をおこなうのが、小姓組頭であるというのもあり、林忠勝の許可なく小納戸はなにもできなかった。

「うるさいな。これだから大奥に行きたくなるのだ」

起きたばかりの枕元で、いきなり箒《ほうき》を使われてはたまったものではない。家斉が嫌な顔をした。

「決まりごとでございますれば、ご辛抱を」

林忠勝がなだめた。

「やれ、しかたないの」

家斉があきらめた。

大奥へ家斉が行かなかったのは、忌み日であったからだ。忌み日とは歴代将軍の命日のことで、この日は大奥へ行くことなく身を慎まなければならない決まりであった。

淡々と朝の行事が進められていく。十年一日《いちじつ》のごとく、決められた手順のため、すべてが終わるのも同じ刻限であった。

「上様におかれましては……」

それを待っていた老中たちが、家斉の採決を求めてやってくる。

午前中は、それだけで潰れた。

「少し、お庭をご覧になられませぬか」

昼餉を終えた家斉へ、林忠勝が勧めた。

「腹ごなしによいか」

家斉が承諾した。

「上様がお庭に出られる。新番組へ報せよ。東屋《あずまや》に野点《のだて》の用意を」

すばやく林忠勝が手配を命じた。

新番組とは、小姓組、書院番組と並んで将軍の警固をする者のことだ。旗本の中から腕の立つ者が選ばれ、お休息の間近くの詰め所に控えた。

「面倒なことよ」

小姓や小納戸たちが走り回るのを見ながら、家斉がため息をついた。

「すぐそこの庭へ行くだけであろうに」

「万一を考えなければなりませぬゆえ」

林忠勝が言った。

「江戸城のなかで万一などあるか」

「前例《にんじょう》がございまする」

「刃傷か」

「はい」

苦い顔で林忠勝が首肯した。

江戸城で刃傷は何度かあった。とくに五代将軍綱吉《つなよし》の御世は多く、一度は大老が若年寄によって刺され、二度目は勅使接待役が高家《こうけ》を襲った。ともにその場所が、将軍家の居室であった御座の間に近く、その影響で将軍の居室はより奥に近いお休息の間へ移された。将軍が直接被害にあったわけではないが、それでも小姓組頭としては安心できる話ではなかった。

「そのために、そなたたちがおるのであろう」

「さようでございまする。でございますれば、ご辛抱を」

家斉の言葉に、林忠勝が続けた。

「ご用意整いましてございまする」

小姓が報告した。

「まむしも確認したな」

「いたしましてございまする」

念を入れた林忠勝へ、小姓が首肯した。

江戸城は紅葉山《もみじやま》を始め、深閑たる森林をそのなかに持っている。そのため野生の動物の生息も多く、まむしなどの毒蛇もまま姿を見せた。

「では、上様」

林忠勝が先導した。

「気を配れ」

東屋へ家斉を案内した林忠勝は、配下たちを散らせた。

「なにがあった」

二人きりになった家斉が問うた。

「大奥へ人を入れる用意ができましてございまする」

「そうか」

林忠勝の言葉に家斉が応えた。

「妾屋に手配をさせましてございまする」

「……妾屋にか。ということは、妾か」

家斉が興味を示した。

「もと妾と言うべきでございましょう。ご記憶でございましょうか。伊達の斉村の側室であった女を」

「そんな話を聞いたかの」

覚えていないと家斉が首をかしげた。

「些細なことでございますれば、上様がご存じなくとも当然でございまする」

あっさりと林忠勝が引いた。

「その女が大奥へか」

「はい」

「伊達が側室とするほどだ、美形なのであろう」

「おそらく」

林忠勝は女に興味を抱くことはなかった。女はただ家名を継ぐ子を産むだけでいいと考え、美醜など気にしたこともなかった。

「浪人者の娘で世俗につうじておりながら、伊達家で奥向き奉公の経験もございまする。なにより伊達の騒動に巻きこまれて、命を狙われながら生き延びた。生命の危機をこえたものは、肚《はら》が据わりまする」

「ふむ」

家斉が小さく笑った。

「つきましては、上様にお願いを申しあげまする」

「申してみよ」

主君の許可がなければ、家臣は願いを口にできなかった。

「八重と申すこの女へのお情けは、お避けくださいますよう」

手を出さないようにと林忠勝が頼んだ。

「なぜじゃ。大奥の女はすべて、躬の思うがままであろう」

不満を家斉が口にした。

「そのとおりでございまする」

林忠勝が認めた。

「ではございまするが、上様のご身分にふさわしい相手でなければなりませぬ」

「八重とか申したは、ふさわしくないと」

「畏れながら」

恐縮しながら林忠勝が肯定した。

「この女は伊達斉村の手垢《てあか》付きでございまする。その女を上様がご寵愛なさるなど、伊達家が勢いづきかねませぬ。伝手と思いこみ、なにかしらしてこぬとは言えませぬ」

「伊達につけこむ口実を与えるのはまずいな」

「それに、八重はご寵愛のご側室方に向けられた悪意のもとを探るために大奥へご奉公という形を取るのでございまする。その八重をご寵愛になられては、本末転倒。上様のご寵愛を受ければ、大奥から人が付けられまする。それでは、ひそかな動きができませぬ」

「なるほど。他人目があれば、なにもできぬ」

家斉が納得した。

「わかった。手出しはせぬ」

「ありがたきご沙汰」

林忠勝が平伏した。

「ただいまお茶を」

用意された野点の道具を林忠勝が使い始めた。すでに松籟《しょうらい》を立てている風炉《ふろ》から湯を汲み出し、茶筅《ちゃせん》を細かく動かす。将軍の遊び相手でもある小姓には、書、将棋、碁などとならんで、茶の湯の心得も要った。

「ところで、忠勝よ」

林忠勝の見事な点前《てまえ》を見ながら、家斉が話しかけた。

「はい」

「内証に悪さをした者が知れたとき、どうするつもりだ」

家斉が問うた。

「大奥には、躬も手出しができぬぞ」

苦い顔を家斉がした。

大奥は江戸城にあって、唯一将軍の権威がつうじない場所であった。大奥は女の城といわれ、城主は御台所であり、家斉はその客でしかなかった。

たとえ、大奥で家斉に無礼を働いた女がいても、表や中奥と違い、その場での裁断はできなかった。大奥を取り仕切る年寄に女を預け、その処罰に将軍は口出しできなかった。

これは三代将軍家光の乳母春日局以来の伝統であった。二代将軍で父だった秀忠に嫌われ、三代将軍の座を弟忠長へ奪われそうになっていた家光を春日局が救った。江戸城を抜けだした春日局が、御法度《ごはっと》であった直訴《じきそ》を家康におこなったことで、家光は三代将軍になれた。その功績を大とした家光は、春日局を大奥総取り締まりとしただけでなく、その願いどおりに大奥を女の城として認めた。それ以来大奥は、男子禁制となり、将軍ではなく、御台所を頂点とする法外の場所となっていた。

といったところで、将軍に無礼を働いた者が許されるはずもなく、表同様の死罪、あるいは追放など咎を与えられる。

だが、それも絶対とはいえなかった。それこそ、死なせましたとして、表向きを取《と》り繕《つくろ》い、人知れず逃がすことも考えられた。

「遣り様はいくらでもございまする」

茶筅を止めて、林忠勝が言った。

「まことに申しあげにくいことではございまするが、もし、他の側室方の企《たくら》みであれば、その方ごと……」

「それは構わぬ。内証は、躬にとって格別な女である。それを知りながら手出ししたのだ。相応の報いは覚悟のうえであろう」

家斉が許した。

「ならば、どこぞの寺へご代参を命じていただきまする。大奥を出てさえくれれば、ただの女。どういたそうが、自在でございまする」

「ふむ」

「どうぞ」

茶碗を林忠勝が家斉の前へ置いた。

「あと一つ」

「なんじゃ」

手を伸ばしかけた家斉が止めた。

「万一、後ろにおられるのが、御台所さまであったときは……」

林忠勝が語尾を濁した。

茂姫が命じる。それがもっとも筋にあっていた。将軍家の御台所が、男子を得たのは、じつに六代将軍家宣《いえのぶ》以来のことであり、育てば三代将軍家光以来の快挙となる。血筋に重きを置く名門の家では、嫡流こそ正統である。嫡流とは、生まれの順番ではなく、筋で決まる。織田信長《おだのぶなが》の例をあげるまでもなく、たとえ弟であっても正室の子が跡を継ぐのが当然であった。しかし、家斉は、徳川家の慣習にしたがい、茂姫との間に生まれた敦之助ではなく側室お楽《らく》の方の子敏次郎を世継ぎとしていた。

「例外はない」

淡々と家斉が述べた。

「ただ茂はそのようなことのできる女ではない。茂を唆《そそのか》した者がおる。その者はむごたらしく、後世の戒めとなるような死なせ方をさせよ。決して茂には手出しをするな。もちろん茂にも罰は与える。大奥から出す」

家斉が茂姫との離縁を口にした。

「はい」

「いただこう」

承諾した林忠勝を見て、家斉が茶を喫した。

「……苦いな」

家斉が顔をしかめた。

三

林忠勝の一族、その末葉《まつよう》に繋がる小禄の旗本の養女として八重は大奥へ入った。大奥女中には大別して、目見えできる身分とできない身分があった。それは親元の格によって決められた。

「旗本の娘とはいえ、親元は二百二十石で無役か。さしたる身分ではないな。ならば御三之間《おさんのま》にな」

八重を引見したお次《つぎ》が言った。

お次とは、大奥十番目の女中で、道具や献上物などを取り扱い、新しく大奥へあがった女中の対応などをした。身分としてはさしたるものではないが、初めて大奥で奉公する者にとっては、大きな影響力をもっていた。

「はい」

お次役の女中から、八重は配属先を知らされた。

御三之間とは目見え以上の大奥女中たちの居室と、大奥のなかにある役所の掃除を担当するものである。

お目見え以下の身分だが、旗本の娘から選ばれた。親元が寄合などの高級な旗本でない者は、この御三之間を振り出しに、御広座敷、呉服の間、切手書《きってがき》、お次と出世していくのが慣例であった。

また、御三之間の下には雑用係のお末、使番、御半下《おはした》の三職しかない。すべて目見え以下であり、御家人や庶民の娘などが嫁入り修業代わりに務めていた。

終生奉公が決まりの大奥女中で、目見えでない御三之間は宿下がりが許される最後の身分でもあった。

「お内証の方さまの局に属するよう」

お次が続けた。

「ちょうど三日前に一人宿下がりをいたした。その後へ入るがよい」

「承りましてございまする」

姿勢正しく八重が一礼した。

もとは藩でも名の知れた身分だっただけに、八重は子供のときから礼儀作法を厳しく仕込まれていた。

「うむ」

満足そうにお次がうなずいた。

「付いて参れ。お内証の方さまのお局へ案内してくれる」

「かたじけのうございまする」

先に立つお次について、八重は大奥を進んだ。

大奥において御台所と同じ格を与えられている内証の方の局は、入り口である七つ口からかなり離れていた。

「お内証の方さまについては、存じておろうな」

歩きながらお次が訊いた。

「上様最初のご側室で、寵愛第一のお方さまと」

「うむ。あと上様との間に四人のお子さまをもうけられた。が、お二人はお亡くなりになり、先年授かられたばかりの姫さまもご病弱である」

「おいたわしい」

八重が呟いた。

「お内証の方さまは、お優しい方であるが、それに甘えてはならぬぞ」

「はい。誠心誠意お仕えいたしまする」

「そうである。我ら女中は、表の旗本にあたる。主に忠義を尽くさねばならぬ」

お次が口にした。

「では、あなたさまも」

「うむ。吾もお内証の方さまのお局に属している」

問うた八重にお次が答えた。

「さきほどのは」

重々しく配属を宣したお次の姿を八重は目の当たりにしたばかりであった。

「あれは儀式のようなものじゃ。大奥であらたな女中を求めるのは、欠員ができたとき。と、新しく局が開かれたときである」

少しだけお次が口の端をゆがめた。

局が開かれるのは、家斉が新しい女に手出しをしたとの証であった。家斉最初の寵姫に仕える者として、いい気分ではない。

「言わずともわかろうが、他の局の者と親しくつきあうではないぞ」

「…………」

八重は無言で首肯するに止《とど》めた。

「とくに、御台所さま、お楽の方さま、お登勢《とせ》の方さまの局とは、口をきいてもいかぬ」

「言葉も交わすなと」

さすがに八重も驚いた。

「うむ。一度くらいならば、叱られるだけですもうが、度重《たびかさ》なれば細作《さいさく》と疑われることになるぞ。お内証の方さまのご機嫌を損じれば、実家にも悪い影響が出るぞ」

「それは」

お次の言葉に八重が絶句した。旗本の娘に対し、実家にまで咎が及ぶとの脅しは、効果抜群であった。林忠勝に頼まれて大奥へ入った八重にとって、仮の親の家がどうなろうとも知ったことではないとはいえ、いい気持ちのものではなかった。

「心しておけ」

「はい」

もう一度念を押すお次に八重は首肯した。

「ここじゃ」

何度か角を曲がったところで、お次が止まった。

「お次の初《はつ》でございまする。新しい奉公人を連れて参りました」

初が膝をついた。

「…………」

慌てて八重も倣《なら》った。

「開けよ」

なかから凜《りん》とした声がした。

「局を束ねられる小上臈の東雲《しののめ》さまじゃ。厳しいお方である。お言いつけは守れよ」

先達らしく初が注意した。

「入れ」

開かれた襖をこえた八重はその際《きわ》に座った。

「八重でございまする。本日より御三之間としてお仕えいたしまする」

初の紹介に合わせて、八重が平伏した。

「うむ。妾《わらわ》が東雲である。すべては妾が指示するゆえ、したがうように」

「よろしくお導きいただきますように」

八重が頭を下げたまま答えた。

「お内証の方さまに、お目通りを願う。次の間の襖際まで進んでよい。そこで顔を伏せておれ」

東雲が命じた。

「お方さま。新しき三之間でございまする」

「開けや」

落ち着いた声が許した。

「はっ」

応じた東雲が、襖の左右に控えていた小姓へ目で合図をした。

左右から下の間と上の間を仕切る襖が引かれた。

「面をあげや」

内証の方が八重へ命じた。

「…………」

八重はほんの少しだけ目をあげて、東雲の顔を窺《うかが》った。

「構わぬ」

意にかなった行動だったのだろう。満足そうに東雲がうなずいた。

「ご無礼をいたしまする。本日よりご奉公をさせていただきまする。八重と申しまする」

背筋を斜めくらいまで伸ばし下から仰ぐようにして、八重は内証の方の顔を見た。

「…………」

思わず息を呑むほど、内証の方は美しかった。

「八重と申すか。妾が満じゃ。尽くしてくれよ」

「はい」

やさしく声をかけられた八重は、自然と頭を下げた。

「よろしゅうございまするか」

東雲が謁見を終えてもいいかどうか、内証の方へ確認した。

「待て」

内証の方が手をあげて制した。

「一つ訊きたい。市井《しせい》で評判の薬などはないか」

「お薬でございまするか」

思わず八重は直答《じきとう》してしまった。

「これっ」

鋭く東雲が叱声《しっせい》を発した。

「申しわけございませぬ」

八重が詫びた。

「よい。妾が尋ねたのだ。東雲、叱ってやるな」

「……はい」

なだめられて東雲が怒気を収めた。

「お答えせい」

東雲が八重を促した。

「お薬につきましては、存じませぬ」

「……そうか。では、よく効く祈禱《きとう》についてはどうじゃ」

「あいにく」

八重は首を振った。

「……ご苦労であった」

落胆した内証の方が下がっていいと言った。

「もしかいたしますと」

その姿の力なさに、八重は続けた。

「わたくしの知人に、世情に詳しいお方がおられまする。そのお方さまに問うてみてもよろしゅうございましょうか」

「頼めるか」

内証の方が腰を少し浮かせた。

「お方さま、そのような怪しい者に」

東雲が止めた。

「いいや。もう、すがれる者ならばなんでもよい」

泣きそうな顔で内証の方が述べた。

「手紙を書かせていただいてもよろしゅうございまするか」

八重は東雲へ訊いた。

「よかろう」

内証の方の願いを拒むことは誰にもできなかった。

「畏れ入りまするが、紙と筆をお願いいたしまする」

「用意してやれ」

東雲が初へ告げた。

局にはいつでも主の希望に合わせられるようにと、墨がすられていた。

「お借りいたしまする」

手早く八重が昼兵衛へあてて手紙を書いた。

「誰に届ければいい」

初が問うた。

「浅草の人入れ屋山城屋さまに」

「わかった」

立ちあがった初が手紙を受け取った。

「五菜《ごさい》を遣わせていただきまする」

初が東雲へ許可を求めた。

「よかろう」

東雲が認めた。

五菜とは、大奥から自在に出入りできない女中たちの代わりとして、買いものや使いにたつ小者《こもの》のことだ。幕府役人ではなく、大奥女中たちに雇われており、ちょっとしたものの運搬や、修繕などでは大奥へ足を入れることも黙認されていた。

「ついて参りや。五菜への指示も三之間の仕事になる」

初が八重を促した。

「はい」

深く内証の方へ一礼して、八重は初の後ろにしたがった。

「だいじないのであろうな。これでなにもないとわかれば、お方さまの落胆は一層お強くなられる」

「保証はできませぬ。ですが、あの方ならばなんとかしてくださるのではないかと」

八重が期待を口にした。

「…………」

初が黙った。

無言となった二人は、七つ口へと急いだ。

大奥の出入りは、御広敷御門のなかにある七つ口にかぎられていた。

七つ口は御広敷番によって警固され、出入りは厳しく制限されていた。

「御番衆」

かなり離れたところから、初が声をかけた。

「なんじゃ」

大声で御広敷番が応えた。

これも慣例であった。大奥の女はすべて将軍のものなのだ。家臣である御番衆が手を出すことは不義密通になる。疑われるだけでも男女双方、身の破滅になりかねない。どうしても話をしなければならないときは、こうやって身体が絶対触れあうことのない距離から、密談ととられないよう周囲に聞こえるほどの声で用件だけを伝えなければならなかった。

「五菜の三郎太をお呼び願いたい。お内証の方さまの御用にて、三之間八重が浅草の山城屋昼兵衛へあてた手紙の使いでござる」

用件の内容も詳しく伝えなければならない。初は詳細も述べた。

「承った」

御広敷番が首肯し、すぐに五菜の三郎太が七つ口まで来た。

さすがに奥女中の雑用をこなす五菜と距離を保つことは難しい。この場合、疑われないように、立ち会いの女中を用意した。

「お使番《つかいばん》のお方」

「はい」

七つ口の大奥側に設けられた詰め所から使番の女中が出てきた。

使番は大奥女中でお末に次いで身分が低い。もちろん目通りはできず、御広敷との境である下のご錠口の開け閉めや、御広敷役人との取り次などを任とした。表役人と顔を合わせることが多いこともあり、長く勤めて大奥になれた商家の娘か、御家人の娘から選ばれた。

「お立ち会いを頼む。わたくしはお内証の方さま付きのお次で初。これは三之間の八重。そして呼び出したのは、お内証の方さまの局で雇い入れている五菜の三郎太。

用件は手紙の使いでございまする」

「たしかに、ご事情承りました。書き留めまするゆえ」

使番が日時と人物の名前を記録に残した。

「どうぞ」

「……三郎太。これを」

許しを待っていた初が、七つ口のあがり間口へ風呂敷を拡げた。その片隅に手紙を置き、風呂敷から離れた。

少し離れた土間で控えていた三郎太が、風呂敷の反対側を持ち、引っ張って手紙を手元に引き寄せた。

「八重」

「それを浅草の人入れ屋山城屋昼兵衛さまへ、お渡しくださいませ。ご返事はできるだけ早くと」

初に言われて、頼みの内容を八重が告げた。

「お預かりいたしまする」

三郎太が手紙を懐に入れて、去っていった。

「戻りますぞ」

用事を終えて、初が背を向けた。

「はい」

八重は後ろにしたがった。

四

妾番というのは、心底疲れるものであった。

「終わったぞ」

目の周りに隈《くま》を作った新左衛門が山城屋へ精算に訪れたのは、八重が大奥へあがった翌日であった。

「お疲れさまでございました」

笑いながら昼兵衛が迎えた。

「…………」

ため息と共に新左衛門が腰を下ろした。

「無事に引っ越されたようで」

「ああ。昨日の朝、山谷《さんや》までつきあったわ」

「山谷でございましたか。せいぜい両国橋の袂《たもと》あたりかと思っておりましたが」

意外だと昼兵衛が驚いた。

深川から山谷までなら、行くだけで半日かかる。両国橋を渡れば、そこはもう深川ではない、紀州屋の影響力も及ばないはずであった。

「怖かったのだろうな相手が。実際、そうであったしな」

「なにかございましたか」

白湯を出していた昼兵衛の目が光った。

「昨夜、五人組が押しこんできたわ」

「お泊まりだったので。ご契約では引っ越しが終わるまでということでございましたが」

新左衛門の言葉に、昼兵衛が確認した。

「そのつもりだったのだがな。女を連れて歩いているときから、どうも後を付けられている気がしてな。そこで、一晩残ったのだ」

湯飲みを手にしながら新左衛門が語った。

「そこへ来たと」

「ああ。深更を過ぎるのを待っていたのだろう。子《ね》の刻《こく》の鐘と同時に表戸を蹴破《けやぶ》ってきおった」

「大月さまがご無事ということは」

「うむ。五人とも倒した。といっても、死んだのは一人だろうな。最初の一人目は、勢いが強かったのでな。胴を裂いてしまった。即死はしないよう手加減したが、あれは助かるまい」

新左衛門が冷静に告げた。

「残りの四人は」

「腕をそれぞれ片方ずつ、突いた」

「それはまた」

淡々と言う新左衛門に、昼兵衛が苦笑した。

襲撃者は紀州屋に雇われた無頼であろうとすぐに想像はついた。疾風迅雷の如く、一気に押しこんで、用心棒を倒し、女をさらって深川へ戻ってしまえば、そこは紀州屋の縄張りのようなものだ。いくらでもごまかしはきくと考えたのだろう。町奉行所の支配である山谷でそんな無茶をする者は、金で動く無頼以外いない。

無頼とは、暴力をもって相手を脅しあげるのが商売である。その無頼が利き腕を使えなくされれば、どうなるかなど言わなくともわかった。

今までやられてきた連中が、ざまあみろとばかりに復讐《ふくしゅう》しに来るのだ。下手《へた》すれば命がなくなる。

それでもまだことを成功させていれば、なんとかなった。紀州屋が褒美《ほうび》代わりに庇護《ひご》を与えてくれたかも知れなかったが、失敗したとなればそれもない。いや、ぎやくに口封じと殺されかねなかった。

「生きていけませんでしょうな」

昼兵衛が冷たく言った。

傷を負わされた無頼たちの先は悲惨でしかなかった。

「しかし、お話では、引っ越しまで。その夜の分の日当はお約束しておりません」

難しい顔を昼兵衛がした。

「大丈夫だ。今朝方、青くなって駆けつけた木曾屋どのが、褒賞金をくれたわ」

懐から新左衛門は小判を五枚取り出した。

「五両も。さすがは木曾屋さんですな」

「千両出した女に傷でも付けられればたまらないだろうからの」

新左衛門もようやくほほえんだ。

「では、お約束どおり、ここから一両ちょうだいいたしまする」

「ああ」

仲介料は褒賞金や心付けにも及ぶ。新左衛門は、昼兵衛が小判一枚を懐へ入れるのに同意した。

「かわって、日当の三分を五日分。合計三両と三分。こちらからも仲介料として三分いただきますので、残り三両。合わせて七両をお受け取りくださいませ」

昼兵衛が懐紙の上に小判を並べた。

「たしかに」

懐紙ごと新左衛門は金を摑《つか》んだ。

「これでしばらく、金の心配をしなくてもすむな」

新左衛門はほっと息をついた。

「浪人してなにが厳しいかといって、明日がわからぬほどの恐怖はないな」

「さようでございますな」

昼兵衛も同意した。

「拙者は、なんとか山城屋どのに拾っていただいたからな。まだよかったが……」

思い出すように新左衛門が言った。

「昨夜襲ってきた無頼の最初の一人が、浪人者でな。一つまちがえば、拙者もこうなっていたかと思うと……」

新左衛門が小さく震えた。

「浪人された方が、すべて落ちるわけではございませんよ。もしそうなら、とっくに江戸は無茶苦茶になっておりまする。浪人された方々のほとんどは、まっとうに生きておられまする」

そのとおりであった。

最近は幕府の考えも変わり、外様《とざま》大名などをむやみやたらと潰しはしなくなったが、それでも江戸の町に浪人はあふれていた。

これは財政の悪化に耐えかねた大名や旗本が、手っ取り早い支出削減の方法として、家臣たちを放逐しているからであった。

どことも手元不如意《ふにょい》な今、放逐された藩士を召し抱えてくれるようなところはなく、皆一縷《いちる》の望みを抱いて江戸へと出てくる。

天下の城下町ならば、仕官先があるに違いないとの幻想にすがって旅をしてきたところで、そのような話はあるわけもなく、手持ちの金を使い果たしてしまってから失敗に気づくことになる。

放逐された場所ならば、まだ親類もいる。面倒を見てくれるとまではいかなくとも、喰いかねたときに米をくれるくらいはしてもらえた。また、山に入って田畑をあらたに開くこともできた。

そう気づいたときにはもう国元へ帰るだけの金もなくなっているのだ。となれば、あとはお定まりであった。

先の望みもなく、家族を売り払った罪悪感にさいなまれた浪人者がすることは決まっている。唯一手元に残した武器を使って、他人から金を取る。脅し、ゆすり、たかり、賭場《とば》の用心棒、斬り取り強盗と形は変わっても、やることは一緒であった。

もう一つは、金のなくなったところで、事態に気づき、夢を追うことを止めた者たちである。長屋で子供を集めて読み書きを教え、その礼金で生きていく。あるいは、商家の帳簿付けなどの仕事を引き受けて、給金をもらう。こうやって侍だったという過去を忘れ、市井に溶けこんでいく。

この差は、ただ一つ、武士というくくりから逃れられるかどうかだけであった。

「生きていく。それだけでたいへんなのでございますよ。武士でございと胸を張るには、明日の米の心配をしないだけの背景が要りまする」

「耳が痛いわ」

新左衛門が苦い笑いを浮かべた。

伊達藩を自ら退身したとはいえ、新左衛門は浪人者である。浪人は、侍ではなかった。侍とはその名の発祥からもわかるように、さぶろうものであり、高貴な身分の方の側に仕える者をいう。仕える主君を持たない者は浪人といわれ、侍ではなかった。

もと侍であり、新たな主を探している途中という体を取ることで、両刀を腰にすることを黙認されているだけで、浪人の身分は庶民であった。

「だが、これ以外、拙者にはなにもできぬ」

寂しそうに新左衛門が太刀に触れた。

「けっこうでございまする。お腰のものの力を欲しておる者もおりまする。その方たちを助けるのも立派な仕事」

昼兵衛が強く言った。

「たしかに商家を襲う盗賊などを防ぐのは、やりがいもある仕事である。しかしなあ……」

新左衛門が情けなさそうな顔をした。

「妾の浮気を防ぐのに、腰の刀はどう考えても要らぬぞ」

「よほどお疲れだったようで。まあ、これも用心棒のお仕事でございまする」

笑いながら昼兵衛がなぐさめた。

「まあ、最後は役に立ったからよしとするか。しかし、山形どのは、妾番をよく続けられておられるな。よほど心の修業を積んでこられたのだろう」

みょうな感心のしかたを新左衛門がした。

「心のでございますか。妾番をしても絶対その女に気を移さないだけのことをされてますからねえ。あれを修業とはいわないでしょうが」

　あきれた口調で昼兵衛が言った。

「さて、金の話もすんだ。味門《あじと》で飯を喰って帰るとする。さすがに眠いわ」

　新左衛門が辞去を告げた。

「味門へお見えでございまするか。少しお話もございますし、ご同道させていただいても」

「話……かまわぬが」

　求める昼兵衛へ、新左衛門は許可を出した。

　味門は山城屋から少し離れた路地の角にある居酒屋であった。主夫婦だけで切り盛りしている小さな店だが、その料理の評判はよく、流行《はや》っていた。もとは長門屋という名前だったが、「味の長門屋」といわれているうちに短くなり、いつのまにか「味門」と呼ばれるようになっていた。

「お邪魔しますよ」

　暖簾を片手で支え、新左衛門を先にくぐらせた昼兵衛が、声をかけた。

「おいでなさいませ」

女将がすぐに顔を出した。

「珍しく空《す》いているね」

奥の小座敷へ上がりながら、昼兵衛が訊いた。

「時分《じぶん》どきをはずれてますから」

「ええと……」

「またでございますか。お仕事に熱中されるから刻限もわからなくなるのでございますよ。もう昼八つ（午後二時ごろ）を回りました」

「八つか」

昼兵衛が嘆息した。

「そろそろ決めた女を作ったほうがよろしゅうございますよ。女房ができれば、昼は弁当を届けてくれるでしょうし」

「店の客の減るようなまねをしていいのかい」

所帯を持つことを勧める女将に、昼兵衛があきれた。

「身体を壊しては、飲みにこれなくなりましょう。ちゃんとご飯を食べて、健康で長生きして、まめにかよってくださるほうが、店としては儲かるんですよ」

憎まれ口のような心配を女将がした。

「なるほどね。考えておくよ。さて、大月さまはなにを」

「油揚げと菜の煮物とあじの干物、蜆《しじみ》の味噌汁にどんぶりで飯を」

新左衛門が注文した。

「だそうだよ。で、わたくしは鰯の生姜《しょうが》煮と大根の艶《つや》煮、汁は大月さまと同じで。

ああ。飯はどんぶりに半分でいいよ」

昼兵衛も続いた。

「しばらくお待ちを」

女将が調理場へと引っこんだ。

「そう言われてみて気づいたのだが、山城屋どのは独り身か」

「隠していたわけではございませんよ。お話しする機会がなかっただけで」

笑いながら昼兵衛が言った。

「咎めているわけではござらぬ。年齢からいっても、ご新造《しんぞ》やお子どのがおられて
当然だと思っていたので」

すまないと新左衛門が詫びた。

「お気になさらず。ですが、別段、わたくしの歳で独り者など珍しくありませんよ」

昼兵衛が述べた。

「江戸は男の多いところでございましてね。男七に女三といったところなのでございますよ。普通の男は生涯妻を娶《めと》ることなどございません」

「長屋は所帯者が多いぞ」

新左衛門が疑問を口にした。

「職人は妻をもらいやすいのでございますよ。大工や左官などの手に職を持っている者は、食いはぐれがないので、女に認めてもらえる」

答えを昼兵衛は言った。

「なるほどな。商人も喰うには困らぬだろう」

「店は潰れますし、奉公人だと嫁をもらえるほどの給金をもらえませぬ。ご存じではございませんか、商家の奉公人は番頭にならないかぎり、店で起居するのが当然。長屋の家賃を払うだけのものをもらってません。その代わり、食と住を保障されているのですがね」

　ていねいに昼兵衛が説明した。

「己の食い扶持は、店が面倒見てくれるということならば、給金が安くとも文句はいえぬか」

「はい。もともと商家の奉公人などは、食い扶持を減らすために奉公へ出されるようなもの。雇うほうも奉公人に頼るという気などありませんから。店の暖簾が客を呼ぶ。奉公人はその雑用をこなすだけ。そんな考えならば、奉公人に一人前の金など払いませぬ」

「たしかにな」

　新左衛門が納得した。

「だが、山城屋どののように、一軒の店を構えておられれば、喰う心配はございますまい」

「……喰う心配はございませんがね」

　昼兵衛の雰囲気が変わった。

「無礼をいたしたのか。ならば、詫びる」

焦《あせ》ったように新左衛門が頭を下げた。

「いえ。大月さまのせいじゃございませんよ」

表情を硬くしたまま、昼兵衛が首を振った。

「わたくしは妾屋でございまする。女を食いものにしてお金を稼いでおりまする。そんな男のところへ、嫁ぎたい女などいませんよ」

昼兵衛が淡々と言った。

「……………」

新左衛門は沈黙した。

「お待たせをいたしました」

そこへ女将が飯と汁を持ってきた。

「冷めないうちにどうぞ」

女将が雰囲気を悟って、食事を勧めた。

「ああ。もらおう」

「いただこう」

二人は箸を取った。

五

無言で食事を終えた二人は、白湯をゆっくりと口にしていた。

「そういえば、なにか話があると」

思い出したように新左衛門が問うた。

「さようでございましたな。忘れるところでございました」

湯飲みを置いて昼兵衛が首肯した。

「八重さまが、大奥へ入られました」

「なんだと」

いきなり言われて新左衛門は驚愕の声をあげた。

「わたくしがご依頼を受け、八重さまをご紹介申しあげました」

昼兵衛が述べた。

「どういうことか聞かせてもらおうか。もう、妾になるのはごめんだと言われていた八重さまを無理矢理大奥へ行かせたとあれば、そのままには捨て置かぬ」

新左衛門が殺気を発した。

「落ち着かれませ」

低い声で昼兵衛が注意した。

「その状態ではなにを言っても聞こえますまい」

「………………」

冷たい昼兵衛の声に、新左衛門は大きく息を吸って吐いた。

「すまなかった」

二度目の詫びを新左衛門は口にした。

「はい」

うなずいた昼兵衛が経緯《いきさつ》を語った。

「小姓組頭さまの依頼となれば断れぬか」

「断れば、あとあと面倒を招くだけでございましょう」

「しかし、どうやって八重どのを」

「伊達家からでございましょうなあ」

昼兵衛が推測を述べた。

まさか妾屋を幕府が狙っているなどと考えるはずもなかった。

「ろくなことをしてくれぬ」

旧主家への恨みを新左衛門は口にした。

「念を押すが、大事ないのであろうな」

「その点は確認を取ってありまする。期間は三カ月。無理はしない」

林忠勝へ突きつけた条件を昼兵衛は告げた。

「あと……」

そこで昼兵衛が一度言葉を切った。

「……あと」

先を新左衛門が促した。

「将軍さまが手を付けないこと。そうなっては大月さまが困られましょう」

にやりと昼兵衛が笑った。

「………」

言われた新左衛門が絶句した。

「よくもそのような条件がとおったな」

将軍にまで条件を出したことに、新左衛門が驚愕した。

「わたくしは妾屋でございまする。妾屋は望む女を欲しがる旦那へお世話するのが仕事。嫌がる女を妾にすることはいたしませぬ。それは人身売買となりましょう。女の望みを守るのは妾屋の責務でございますよ」

驚く新左衛門へ、昼兵衛がなんでもないことだと言った。

「なれど……」

「お側におれぬのはご不安で」

「不安だ」

からかうような口調の昼兵衛へ、新左衛門がきっぱりと宣した。

「……これは」

昼兵衛は直截な新左衛門に目を剥いた。

「あのお方は、命を狙われた経験がある」

「存じておりまする」

当然であった。八重を巡って伊達藩内で起きたお家騒動に昼兵衛も巻きこまれ、殺されかかったのだ。

「ですが、それはよいことなのでは。普通の人ならば、白刃《はくじん》を見て足がすくみまするが、八重さまならば問題なく動けましょう」

「それがよくない。わたしならば大丈夫、経験があるからという思いこみこそ怖いのだ。初心の者ならば、逃げ出す場面でも踏みとどまりかねない。いや、まだ大丈夫と、さらに進んでしまう。初心を抜けたばかりの者ほど無茶をする。剣術でもそうだ。剣の振り方を学んでいる間はいい。叩《たた》かれる痛さも知っているから臆病《おくびょう》である。しかし、叩かれることになれたとき、思いきって前へ出ようとしたとき、人は躓《つまず》く」

新左衛門が危惧《きぐ》を述べた。

「臆病でなくなるのがまずいと」

「そうだ。臆病な者はそもそも危険に近づかぬ。危険がなければ、怪我《けが》をすることもなく、まして死ぬなどありえない」

「八重さまが危険を承知で近づくと」

昼兵衛が問うた。

「ああ」

「そのようなお方とは思えませぬが」

首肯する新左衛門へ、昼兵衛が反対を表した。

「大人しい、ただ流されているだけの女《おなご》が、弟のためとはいえ伊達家の側室になるか」

「さようでございましたな」

昼兵衛は納得した。

「今度のことでも、任されたかぎりは精一杯努力されようとなさるだろう。それはいい。あの方の性質だからな。それを矯《た》めることは誰にもできぬ。だが、今回は大奥、拙者はもとより、山城屋どの、山形どののらの援助はない」

「……………」

理解した昼兵衛は、懐から手紙を出した。

「それは」

新左衛門が問うた。

「八重さまからのお手紙でございまする」

「昨日のことだろう、八重さまが大奥へあがられたのは。置き手紙か」

手紙を見て新左衛門が訊いた。

「いいえ。昨日の夕方に五菜が届けて参りました。ああ、五菜というのは大奥の下働きの男衆《おとこし》のことでございまする」

説明を加えて昼兵衛が述べた。

「なにが書かれていたか教えてもらってよいか」

宛名《あてな》が山城屋になっている。手紙へ触れず、新左衛門が頼んだ。

「隠すような中身ではございませぬし、皆さまのお知恵を借りねばなりませぬので。どうぞ、お読みくださいませ」

昼兵衛が勧めた。

「拝見する」

一度手紙を押し戴いてから、新左衛門が中身を読んだ。

「病によく効く薬か、祈禱師を探してくれ……」

「思いもよらぬ手紙でございましょう」

予想外の内容に驚く新左衛門へ、昼兵衛が同意した。

「ご自分のことはなにも書いていない。これは、書く意味がなかったのか……」

「誰かに見られていたかでございますな」

昼兵衛は続けた。

「いきなりの願いがこれか」

新左衛門が目を閉じた。

「わかることは、八重さまではなく、誰かが病だとのこと。それも入った日にいきなり手紙を出さなければならないほど重篤か、あるいは大切なお方と八重さまは近いこと。外との連絡を禁じられてはいないが、その内容は見られているだろうこと」

冷静に昼兵衛が考えを口にした。

「となると、この依頼を……」

「無視するのはよろしくないでしょうな」

手紙をもう一度、昼兵衛は確認した。

「おや、恋文でございますか」

女将がおかわりの白湯を入れた湯飲みを持ってきた。

「ちょうどいい。女将はどなたかいいお医者か薬師さんを知らないかい」

昼兵衛が尋ねた。

「いいかどうかは知りませんが、一人薬師さんならお見えになりますよ」

自分の湯飲みを取りにいった女将が戻ってきて小座敷の隅へ座った。

「腕はわからぬか」

「うちは夫婦二人とも、風邪の一つもひきませんからね」

女将が自慢した。

「たしかに、店を休んだのを見た覚えはないねえ」

言われてみればと、昼兵衛は感心した。

「なにかこつでもあるのかい」

「ちゃんとしたものを食べれば、人は健康でいられますよ」

笑いながら女将が言った。

「それはそうだ」

まっとうな意見に昼兵衛は同意するしかなかった。

「なにか体調の悪い人によい食事などはないか」

新左衛門が横から口を挟んだ。

「そうでございますねえ。滋養を考えるなら卵や白身のお魚などがよろしゅうございましょう」

「肉はだめなのか」

伊達藩士だったときは、ほとんど口にすることもなかった鶏肉や猪肉《ししにく》の味と効能を浪人してから、新左衛門は知っていた。

「元気な方ならば、よいのですよ。でも、肉は胃の腑《ふ》に重うございますので、弱っている方にはかえってよろしくないのでございますよ。まずは、白身のお魚や卵で、身体の調子を万全に戻してから、その維持に肉を使われるならばよろしいので」

ていねいに女将が答えた。

「なるほどな」

「卵をそのままとはいかぬだろう。どうするのが一番いい」

昼兵衛がさらに問うた。

「生はよくございませぬ。卵は外から見て傷んでいるかどうかを見極めるのが難しゅうございます。割っても、なかなかなれないと善《よ》し悪《あ》しがわかりませぬ。やはり、火をとおしていただくのがよろしゅうございまする。そう、たとえば濃いめに取っただし汁のなかへ、溶いた卵を落としたり、白身の魚を軽く蒸したものをすり身にしてそこへ卵を混ぜて、汁でゆであげるとか。このとき、卵は黄身と白身に分けておいて、白身を箸でよくかき混ぜてから入れると、できあがった団子が柔らかくなりますので、弱っておられる方でも食べやすいかと」

簡単な例を女将があげた。

「卵だけじゃございませんよ」

主も加わった。

「いいのかい」

「他にお客さまはおられませんからね」

調理場を空けて大丈夫かと心配する昼兵衛へ、主が笑った。

「少し濃いめのだし汁のなかへ、豆腐をくずしたものを入れて煮るのもよろしゅうございますよ。熱々ではなく、少しさめれば食べやすいですし」

主も話した。

「こんにゃくとかはよくないのか」

「よくありませんね」

新左衛門の問いに主が首を振った。

「こんにゃくは、体毒落としといわれまする。身体からなにかを出すにはよい食材でございまするが、身体の弱い人には負担となることもしばしばなので」

「そうか」

肩を新左衛門は落とした。

「あと薬師さんがいると言ったね。紹介してくれないか」

昼兵衛が頼んだ。

「よろしゅうございますが、ふいと山へ入ったりされるので、おられるかどうか」

女将が首をかしげた。

「山へ……」

「修験者《しゅげんじゃ》さんなので」

怪訝な顔をした昼兵衛へ主が応えた。

「大峯山《おおみねさん》に属しているお方で郁生坊《いくせいぼう》さんとおっしゃいます」

主の代わりに女将が説明をした。

「なるほどね。修験者ならば薬草などにくわしいか」

昼兵衛が納得した。

「場所を教えてもらえるかい。ご本人がおられなくとも、手紙を預けるくらいはできようから」

「本所の……」

女将が伝えた。

「助かるよ」

聞き終えた昼兵衛が席を立った。

「もうお帰りで」

急いでいる風の昼兵衛へ女将が訊いた。

「せっかく滋養にいい食事を教えてもらったんだ。さっそく手紙にしなければいけません」

「それに一つ気になることがありますから」

昼兵衛が告げた。

「気になる……」

新左衛門が怪訝な顔をした。

「ええ。先日大川に浮かんだ御殿女中風の女がどうも八重さまにかかわってきそうなので」

「…………」

「では、大月さま、十分にお身体をお休めください。すぐにお力が要るようになりますから」

「承知」

強く新左衛門が同意した。

第四章　裏側室の戦い

一

　昼兵衛が書いた返事の手紙は、御広敷番と使番の検閲を受けてから八重へ届けられた。大奥へ入るものの検閲は御広敷番の仕事であり、御広敷番がとおしたものを使番がどうこうすることはできない。

「どうであった」

　東雲が手紙を読んでいる八重に問うた。

　まだ返信があったことを内証の方には報せていない。手立てはないという答えであったならば、内証の方を落胆させることになるからであった。

「ご覧くださいませ」

八重は手紙を差し出した。

「詳細を教えなければわからぬというか」

「当然といえば当然でございました。気づかず、申しわけございませぬ」

配慮が足りなかったと八重が詫びた。

「いや。我らも気づかなかったのだ。そなた一人を責めるわけにもいかぬ。それに滋養によい料理の作りかたが書かれているのはありがたい」

何度も東雲が読み返していた。

「早速《さっそく》、この夕餉より用意いたそう」

「間に合いませぬ」

勢いづいた東雲に、同席していた初が待ったをかけた。

「卵も豆腐も本日は購入いたしておりませぬ」

「……なんとかならぬのか」

「申しわけございませぬが、買いものは表使いさまのお許しが要りまする」

力なく初が首を振った。

表使いは大奥と御広敷を繋ぐ下のご錠口を管轄するだけでなく、御広敷の役人たちとの交渉をおこなった。また、大奥の買いものすべてを管理し、身分はさほどでもないがその権力は年寄に次ぐとまでいわれている。賢くなければ務まらず、数百石から千石ほどの旗本の娘から選ばれることが多かった。

「明日にはどうにかいたしますゆえ」

初が述べた。

「かならず、手配いたせ。この手紙のことは明日、食材が手配できるまで秘する。よいな」

「はい」

「わかりましてございまする」

東雲の命《めい》に、初と八重はしたがった。

三之間の居場所は、廊下に面したお末ら下働き女中の詰め所である多門《たもん》の隣、渡りと呼ばれる畳敷きの部屋であった。

三之間の仕事は大奥の役付詰め所の掃除である。これはどこの局からも人が出される決まりであった。八重を除いた三之間たちはすでに仕事に出て残っていなかった。一人で渡りへ戻った八重は、東雲に見せなかった手紙を拡げた。

「この女が内証の方の局にいたという女中かも……死んでいるらしいけど」

一人呟きながら、八重はそこに書かれている特徴を暗記した。


「妾屋の返事か」

八重の手紙の内容は、御広敷番をつうじて林忠勝のもとへと届けられた。

「早速に役立っておるようじゃの」

満足そうに林忠勝が笑った。

「身投げ女が大奥女中かどうかを確認してきたか」

そう言った林忠勝が御広敷番を見た。御広敷番は正しくは御広敷添番《そえばん》といい、大奥の警衛を任とした。譜代ではあるが、お目見えはできず、御広敷番頭の指図《さしず》を受け、大奥に出入りする人やものを見張った。

小姓組頭の林忠勝とは、直接の上下関係は持っていなかったが、将軍家斉の覚えめでたい寵臣との繋がりを欲する者はどこにでもいる。この御広敷添番も数年前から、林忠勝の手駒《てごま》となっていた。

「この人相書きに覚えはあるか」

「実物を見たわけでもなく、人相書きだけなので、確かとは言えませぬが……」

御広敷番が応えた。

「知っているのだな」

「おそらく、お内証の方さまの局にいた……峰《みね》という女ではないかと」

「お内証の方さまの……」

怪訝な顔を林忠勝がした。

「親元はわかるか」

「詰め所に戻りますれば」

問う林忠勝へ御広敷番が答えた。

「のちほど報せよ」

「はっ」

御広敷番が首肯した。

「さて、この手紙を見て、大奥で誰がどう動くかだ」

御広敷番が許諾を出した手紙である。大奥は拒否できないが、中身を見ることはできる。八重の手紙の中身が漏れたと林忠勝は確信していた。

「わたくしどもは、いかがいたしましょう」

林忠勝の前で緊張していた御広敷番が問うた。

「お内証の方さまのお局へ届けられる食べものをよく見ろ。毒など忍ばされておらぬかを念入りにな」

指示を求められた林忠勝が言った。

「まさか」

聞いた御広敷番の顔色がなくなった。

「お内証の方さまは、上様第一のご側室。その局に毒を盛るなど」

御広敷番の声が引きつった。

「ないと言えるか。もちろん、お内証の方さまだけではない。他のご側室方、いや御台所さまも狙われているやも知れぬ」

「そのようなことできるはずもございませぬ。御台所さまご側室方に手出しをするのは、上様へ手向かうも同じ。謀叛と同罪でございまする」

林忠勝の言いぶんを御広敷番が否定した。

「なければ幸いである。しかし、万一に備えるのが、我ら家臣の務めであろう」

「それはたしかに」

御広敷番が同意した。

「そのための努力をいたせ」

「承知いたしましてございまする」

納得した御広敷番が首肯した。

「わかっておると思うが、お内証の方さまの局で万一などあれば、御広敷番すべての責となる。気を抜くな」

「は、はっ」

百俵高の御広敷添番など、林忠勝の機嫌一つで消し飛んでしまう。御広敷番が震えた。

「下がってよい」

「ごめん」

「待て」

ほっと肩の力を抜いた御広敷番へ、林忠勝が思い出したように声を変えた。

「な、なんでございましょうや」

御広敷番の顔が引きつった。

「八重の手紙を検閲した大奥ご錠口番はどこの局の者かわかるか」

「御広敷番頭へ当番の届け出が出されているはずでございまする」

咎められるのではないとわかった御広敷番がほっとした顔を見せた。

「あとでよい。写してくれるように」

「わかりましてございまする」

ようやく御広敷番は林忠勝から解放された。

「こちらから一々指示していたのでは、どうしても後手に回る。御広敷番がそうだ。だが、八重は違う。なんともありがたいことだ」

林忠勝が独りごちた。

「賢い女というのは、得難い。とくに己の使命を理解している者となれば、男でもそうそうはおらぬ。まったく、伊達家の側室を経験していなければ、このまま大奥においておきたいぐらいじゃ」

家斉のもとへと戻りながら、林忠勝は喜んでいた。

「伊達もおろかなことだ。八重をそのまま斉村の側室とし、子を産ませ、次代の藩主としていれば百年安泰であったろうにな」

林忠勝が呟いた。

「上様には、まだお知らせするわけにはいかぬな。御広敷番を脅しておいたゆえ、七つ口でみょうなものは止まるだろうが……すでになかに入っているものには手が出せぬ。期待しているぞ、八重」

大奥のほうへ、林忠勝が顔を向けた。


周囲に女だけとなれば、身形や化粧の意味合いが変わってくる。男がいれば、女は美しく見られたい、かわいいと思われたいと考えて、衣装を選び化粧を施す。

これは異なる性を持つ者への本能である。よりよい男を吾がものとし、強い子を産むため、子供と己を庇護してもらうためのものなのだ。

だが、異性がいないとなれば、話は違った。

身形や化粧は、相手よりも己が優位にあると見せつけるための手段となった。

といったところで、大奥でも着飾るだけの余裕を持っている者は少なかった。局を与えられる中臈でさえ、その禄はわずか切り米《きまい》二十石、合力金四十両、四人扶持しかない。これは、他に薪《まき》や炭などの現物支給があるとはいえ、百石取りの旗本より少しましなていどの収入である。このなかから自前で使う女中や五菜の給金を出せば、残るのはわずかしかなく、とても贅沢《ぜいたく》な衣装を仕立てることはできなかった。

大奥で季節や行事ごとに衣装を作り、自慢できる者は格別な扱いを受ける側室か、年寄以上の高級女中、あるいは実家が裕福な者だけであった。

「御台所さま付き上臈内藤さま、小間物《こまもの》をお求めになられたいよし、堺屋を呼んでいただきたく」

「お楽の方さま、節分御用の小袖をお望みでございまする」

朝から表使いの詰め所は、主の所用を告げに来る女中たちでごった返していた。

「書付にして、お出しいただきたい。のちほどご返事を差しあげる」

表使いが閉口していた。

「とりあえず、口頭でご承諾を」

主の使いを命じられた女中たちは必死であった。なにせ、表使いが承諾しないかぎり、着物一枚、櫛《くし》一つさえ大奥には入ってこないのだ。もし、表使いに購入を拒絶されたら、主の怒りは使いにいかされた女中に向かう。

女だけの大奥はいつも不満を抱き、その解消となる刺激を求めている。そんなところへ、主のお使いを失敗した身分低い女中が現れたなら、どうなるかは自明の理であった。

女中には見せしめという名前の罰が科せられる。

大奥での罰は、その多くが辱《はずかし》めを与えるものである。腰巻き一つにして、大奥中を歩かせたり、素裸にして局のなかで踊らせたりする。ひどいときは、女の急所である乳房に灸《きゅう》をすえることもある。

「御台所さまのお望みでもございまする」

「お楽の方さまから上様へ、お話をいただいてもよろしゅうございますか」

段々女中たちも頭に血がのぼり、脅しのような言葉を口にしだした。

「これが大奥……」

詰め所の前で八重は立ちすくんでいた。

お内証の方さまの娘、綾姫さまの食事に使う卵と豆腐、砂糖を購《あがな》いたいとの願いを表使いに渡すよう、八重は東雲から言われていた。

「書付にして出せと言われていた」

八重は懐から紙を、矢立《やたて》から筆を取り出すと、その場で局の名前、所望する品物などを記入した。

「これをお願いいたしまする」

書付を八重は差し出した。

「おう」

口やかましく言う女中たちの対応に苦慮していた表使いは、思わず目の前に出された書付を受け取ってしまった。

「そなたは」

「内証の方の局付き、三之間の八重と申しまする」

問われて八重が名乗った。

「しばし、待て」

迫る女中たちを叱りつけて、表使いが書付を読んだ。

「内容については承知いたした。品がつけば、七つ口より報せが参る。代金はそのときに用意いたしておくよう」

「はい。かたじけのうございまする」

ていねいに手をついて八重は礼を述べた。

「わかったか。ちゃんと書付にしてきたものから受け付ける。念のために申し添えるが、本日中の手配は、四つ（午前十時ごろ）までじゃ。それ以降は明日になる」

表使いが、群がっていた女中たちに告げた。

「…………」

女中たちが慌てて書付を作りに出て行った。

「そなた見覚えのない顔じゃの」

あからさまに安堵《あんど》した表使いが、八重に声をかけた。

「一昨日よりご奉公にあがらせていただきました」

八重は答えた。

「それでもうお使いを任されるとは、なかなかじゃの。そなた、親元は」

さらに表使いが八重に興味を持った。

「二百二十石旗本林伊之佐《はやしいのすけ》の娘でございまする」

偽りの親元の名前を八重は告げた。

「林……」

表使いが一瞬眉をしかめた。

「お小姓組頭の林出羽守さまが、一門か」

「……はい」

八重は驚愕した。名前だけで気づくとは思っていなかった。

「かなり遠いご縁ではございますするが」

「なぜわかったかという顔をしておるの」

楽しそうに表使いが笑っていた。

「…………」

無言で八重は首肯した。

「まず、上様第一の側室であらせられるお内証の方さまのお局に入れる者は、限定される」

表使いが語った。

「なにせ、上様のお呼びがもっとも多いのだ。局の者たちも上様のお近くへ寄ることもある。そのようなところに、出所の怪しい者を配せるわけなかろう。その点、ご寵愛のお小姓組頭さまに繋がる者ならば、安心である」

「畏れ入りました」

すなおに八重は感心した。

「たいしたことではない。少し考えればわかることだ」

笑いを収めた表使いが言った。

「で、なにを命じられてきた、林出羽守さまより」

「……つっ」

八重は息を呑んだ。

表使いの表情は大きく変化していた。さきほどまでの柔和《にゅうわ》な雰囲気は消し飛び、氷のような目で八重を見つめていた。

「…………」

八重は沈黙した。

「……当然だな」

不意に表使いから出ていた圧迫感が霧散した。

「話せるはずなどない」

「なにをおっしゃっておられるのかわかりかねまする」

出そうになる安堵のためいきを辛抱《しんぼう》しながら、八重が言った。

「大奥は難しいところだ。いろいろしきたりもある。だが、それ以上にややこしいのは、主と呼ばれる者が多いことよ。局の数だけ主があり、その数だけの忠誠がある。その局にとって正しいことは、隣の局には悪であることも珍しくはない。一つ考えに凝り固まって、動くな。これ以上の面倒はご免じゃ」

帰っていいと表使いが手を振った。

「ごめんくださいませ」

表使いと三之間では、身分に七段階もの差があった。八重は大人しく指示に従った。

局に戻った八重は、東雲へ使いの成功を伝えた。

「ご苦労である」

満足そうに東雲がうなずいた。

「東雲さま、一つお伺いいたしてよろしゅうございましょうか」

「なんじゃ」

質問を東雲が許した。

「表使いさまについてお教えいただけましょうか」

八重が訊いた。

「表使いは、大奥の出入りすべてを司《つかさど》る。このようなことを訊きたいわけではなかろう」

「はい。本日の表使いさまの属している局や、お人なりを」

東雲の言葉に、八重は応えた。

「表使いはの、先ほども申したとおり、大奥すべての出入りを管轄する。そのような重職に偏《かたよ》りがあってはならぬゆえ、表使いは任じられたとき、属していた局を離れ、皆御台所さまのもとへと移るのじゃ。といっても御台所さまが、大奥の主であるという慣例に基づいているだけで、正確にはどこにも属しておらぬ」

「さようでございましたか」

御台所付き年寄の要望も冷たくあしらっていた表使いの態度を、八重は覚えていた。

「もっとも、もとはどこかの局にいたのだ。そこで出世させてもらったのだからな、多少の贔屓《ひいき》はする」

「わかりまする」

八重は東雲の言葉を理解した。

「といったところで、表使いは一人ではない。十人ほどが、表使いと表使い右筆を兼任して輪番で担当しておる。あまり露骨なまねをすれば、他の者のときに反動を喰らうことになる。表使いは不偏不党でなければならぬ」

東雲が述べた。

「本日の表使いは、切手書から立身した者でな。珍しく、どこの局にも属しておらぬ」

切手書とは、大奥を出入りする人々を改めるのが役目である。他に大奥から外へ出る女中たちの通行手形の発行もおこなった。

これも大奥すべての女中とかかわることから、特定の局には属さない形をとっていた。

「なにかあったのか」

「いえ、優れたお方でありましたので、つい気になりまして」

八重はごまかした。

「うむ。表使いはの、よくできる者でなければ務まらぬ。中臈などはあるていど家柄がよく、大奥に長く仕えていれば誰でもなれるが、表使いと年寄は別格じゃ。八重も精進すれば、表使いにはなれるやも知れぬぞ」

「わたくしなどとても」

謙遜して八重は首を振った。

「表使いはよいぞ。禄はさほどでもないが、余得が大きい。なにせ、大奥に入るすべてのものの許認可を握っているのだ。表使いの機嫌次第で、商品の納入を拒める。出入りの商人にしてみれば、誰より怖いはず」

「付け届けがあると」

「うむ。妾は表使いの経験がないゆえ、見たことはないがな。聞けば、もらいものだけで、局の半分が埋まるというぞ」

「それはすごいことでございまする」

述べる東雲へ、八重は感心してみせた。

「ありがとうございまする」

東雲へ礼を述べて、八重は仕事へと戻った。

二

三之間の仕事は、主として掃除である。

内証の方の局に、三之間は八重を入れて三人いた。御台所に準ずる格を与えられている内証の方の局は、使用人たちが起居する部屋まで入れて八つの座敷があった。また厠《かわや》、湯殿、物置などもあり、さらに二階にいくつかの小座敷が設けられている。

それらを三人でやるのだ。遊んでいる間などなかった。

もちろん三之間の下にはお末という下働きもいる。

「静かにいたせや」

もっとも古い三之間が、お末たちに注意を与えた。

内証の方の居室である上の間には、綾姫が寝ていた。

「姫さまのお休みを妨げてはならぬ。箒を使うときは音のせぬように。襖の開け閉めにも細心の注意を払え」

三之間が指示した。

「はい」

八重とお末たちが、慎重に掃除をした。

三之間の仕事は、これだけではない。己の局以外にも、大奥の役所である表使い詰め所や、ご錠口番控えなどの掃除もしなければならなかった。さらに上役の指示があれば、雑用にも出て行かなければならない。三之間は八重の思うよりも多忙であり、とても内証の方の守りなどする余裕はなかった。

「お内証の方さまのお局まで申しあげます」

八つ（午後二時ごろ）すぎ、局の外から声がかかった。

「どうれ。誰か」

局のいっさいを取り仕切っている東雲が誰何《すいか》した。

「お広座敷でございまする」

外の女中が答えた。お広座敷とは、表使いの下働きをする。三之間より格上であり、お目見えの身分であった。

「開けよ」

東雲が襖を開けるように言った。

「お内証の方さま、ご希望の品、七つ口に届きましてございまする」

膝をついたお広座敷が用件を述べた。

「ご苦労に存ずる」

「では、これにて」

多忙な表使いの下役だけに、お広座敷も雑用に追われる。言うだけ言って、そそくさと去っていった。

「八重。七つ口で受け取って参れ」

「はい」

命じられた八重は、七つ口へと向かった。

その日の朝注文された商品が届いたこともあり、七つ口は各局の下働きたちで混雑していた。

「御台所さまの御用である」

ひしめき合っている他の局の女中たちを、あっさりと押しのけて御台所付きの女中が割りこんだ。

「こちらでございまする」

応対していた女中を放り出して、七つ口を担当している使番が御台所付きのほうへ取りかかった。

「順番ではないのか」

それを見た八重は、早速利用することにした。大人しく待っていては、最後に回されてしまいかねなかった。

「お内証の方さま付きでございまする」

「どうぞ、こちらへ」

周りの女中たちの羨望《せんぼう》と嫉妬の眼差しを受けながら、八重は使番の前へと進んだ。

「こちらでおまちがいございませぬか」

「改めさせていただきまする」

差し出された竹籠《たけかご》を受け取って、八重はなかを見た。

「……卵は二十個ございますが、お願いしていた豆腐が見当たりませぬ」

八重は苦情を申したてた。

「あいにく豆腐は、御広敷番によって止められましてございまする。なんでも、虫がついていたとかで」

「……虫が」

使番の説明に、八重は首をかしげた。もう冬である。この時期あまり虫の姿を見ることはない。

「さようでございましたか。承知いたしましてございまする。では、こちらだけ受け取らせていただきまする。ああ。もちろん、豆腐は明日にでも代わりが届きましょう」

「そのへんは、こちらではわかりかねまする。表使いさまへご確認くださいませ」

品物の受け渡しだけがこちらの任と、使番は首を振った。

「そういたしましょう」

あきらめて八重は引き下がった。

「…………」

七つ口を離れていく八重を担当した使番が冷たい目で見送っていた。

局に戻った八重は、まず初に報告した。

「虫だと」

初がみょうな顔をした。

「卵は無事に届いたのだな」

「こちらに」

八重が竹籠を示した。

「お話をしておかねばなるまい」

立ちあがって、初が東雲の控えている二の間へと入っていった。

局の主である内証の方の居室である上の間と、左右向かい合っているのが二の間である。大きさも等しく、上の間との違いは床の間があるかないかだけであった。

二の間では、東雲ら内証の方に付けられている身分高き女中が、局の経営をおこなっていた。

「八重、次の間まで来い」

しばらくして初が呼んだ。

次の間は、上の間と二の間に付けられている部屋である。大きさは上の間、二の間と同じ八畳であった。

次の間では、東雲と初が待っていた。

「豆腐が入らなかったそうだな」

「はい」

確認する東雲へ、八重は首肯した。

「問い合わせいたしましょう」

初が意見を述べた。

「御広敷番頭へか」

「さようでございまする。どのような虫で、どこで混入したのかを尋ねるべきでございましょう。最初から入っていたならば、豆腐を納めた店を出入りから外さねばなりませぬ」

厳しい口調で初が言った。

「そのとおりである」

東雲が同意した。

「八重、付いて参れ」

初が立ちあがった。

「お待ちくださいませ。豆腐屋の名前などはわかっておりましょうや」

「当たり前である」

「ならば、外から調べていただきましょう。大奥のなかからでは、わかりかねることもございましょう。姫さまのご詳細を紛れこませるにもよろしいかと」

八重が提案した。

「なるほどの」

納得した初が東雲を見た。

「よかろう」

東雲が許した。

急いで、八重は手紙をしたため、それを手に初と八重は七つ口へ急いだ。

大奥女中と御広敷番の者が話をすることはままある。もちろん、二人きりでは論外である。不義密通と非難されても言いわけできない。

「御広敷番どのに問いただしたき儀これあり」

初が七つ口にいた使番に申し出た。

「立ち会いを」

「うむ」

使番を引き連れて、初と八重は御広敷番を呼び出した。

「なんでござろう」

御広敷番も一人では来なかった。御広敷伊賀者《いがもの》を同道するのが決まりであった。

「妾は内証の方の次を務める初である。今朝方我が局から……」

初が問いただした。

「……あの豆腐でござるか」

御広敷番がすぐに思い出した。

「見たところ、豆腐の上に蛾《が》のようなものがついておりましたので、留め置きましてございまする」

「三丁頼んだはずだが」

「あいにくすべてについておりました」

「最初からだと」

「それはわかりかねまする」

詰問《きつもん》する初へ、御広敷番が首を振った。

認めるわけはなかった。最初からだと言えば、まちがいなく店に迷惑がかかる。御広敷番も大奥出入りの商人から付け届けをもらっているのだ。かばうことはあっても罪にはしないのが慣例であった。

「わかった。ついでと申してはなんだが、五菜を呼んでくれるように」

あっさりと初が引いた。

「承知」

ほっとした顔で御広敷番が離れていった。

「お手紙でございまするか」

使番が八重の手にある手紙を見つけた。

「そうじゃ」

初がうなずいた。

「なかを拝見いたしまする」

「どうぞ」

八重が手紙を渡した。

「……豆腐屋を責めると」

読んだ使番が困惑の表情を浮かべた。

「商人はまともな商品を納品するのが当たり前であろう」

「輸送中に紛れこんだかもしれませぬ」

「ならば、そうならぬように工夫するべきである。このようなことがあり、不満を持っているとあきらかにせぬと、改善いたさぬのではないか」

言いつのる使番へ初が返した。

「買い手が品物に苦情を付ける。市井では当たり前のことであろう」

五菜が七つ口の出入りで待っているのに気づいた初が、手紙を返せと手を出した。

「しかし……」

「随分、豆腐屋をかばうの。そなた、どこの局の者じゃ」

「…………」

初に問われた使番が黙った。

「……どうぞ」

納得していないとわかる態度で、使番が手紙を戻し、急いで詰め所へ消えていった。

「あやしいの。顔は覚えた」

その後ろ姿を初が睨んだ。

「八重」

「はい」

戻された手紙をもう一度封じながら、八重が綾姫の病状を記した紙を忍ばせた。


豆腐の異常は御広敷番から、林忠勝のもとへあげられた。

「豆腐が変色しておるではないか」

御広敷番の持参してきた現物を見て、林忠勝があきれた。

「よくもまあ、これが綾姫さまの口に入ると思ったものだ」

「毒が強すぎたのでございましょう」

御広敷番が言った。

「しかし、まぬけにもほどがある。このように……」

林忠勝が言葉を止めた。

「どうかなさいましたか」

黙った林忠勝へ御広敷番が声をかけた。

「他になにがお内証の方さまの局に届けられた」

「た、卵でございまするが。そちらは別段……」

林忠勝が御広敷番を睨んだ。

「たわけっ」

大声で林忠勝が叱った。

「あからさますぎると思わなかったのか。豆腐は最初から止められるために変色させられていたのだ。一つに注意を向け、もう一つを隠す。本命は卵だ」

林忠勝が述べた。

「念入りに調べました。殻になにか塗った跡もなく、ひびもございませんでした」

「ええい。卵の殻は捨てるであろうが。そこに細工する意味などないわ。なにかしらの手段で、中身に仕掛けをしたに違いない」

言いわけする御広敷番に林忠勝が憤《いきどお》った。

「いかがいたしましょう」

御広敷番の顔色が変わった。

「ううむう」

林忠勝はうなった。

大奥女中を呼び出す手立てがなかった。

実家からの手紙くらいしか許されないのだ。

「間に合わぬ。ええい、余とのかかわりを薄くするために、遠縁としたのはまちがいだったか」

苦渋の表情を林忠勝が浮かべた。

老中あるいは若年寄、あと御広敷用人《ようにん》であれば、仕事のかかわりで大奥女中と面談できた。しかし、将軍第一の寵臣とはいえ、小姓組頭では大奥女中と顔を合わすことはできなかった。

「かといって上様にお願いするわけにもいかぬ」

将軍といえども、大奥への連絡にはしきたりを守らなければならなかった。内証の方へ報せるためには、まず大奥上のご錠口番へ話をとおし、女坊主を中奥まで呼び出さなければならない。

女坊主は表におけるお城坊主の大奥版である。頭を丸めた尼僧の体を取っており、女ではないという立場を持つことから、大奥と表を自在に行き来できた。不思議なことに、同じく僧体を取り、男ではないとされているお城坊主は、大奥へ入ることは許されていなかった。

「女坊主を呼び出すのはいい。だが、あの手の者は口が軽い」

お城坊主にせよ、女坊主にせよ、身分は低い。お城坊主は江戸城で、伊賀者や同心など目見えできない者より少し高いていどでしかなく、女坊主は三之間より三つほど上でしかなかった。

もちろん、給金も少ない。女坊主は八石三人扶持で合力金二十両という薄禄である。表のお城坊主もそうだが、貧しい生活をどうにかするには余得を探すのが手っ取り早い。

幸か不幸か、坊主たちは俗世間から離れた者として扱われていた。これは、言いかたを変えれば、どこにいてもおかしくなく、気にされないということであった。坊主はいない者なのだ。誰もが、坊主の前で機密の話を平気でする。

そこで坊主たちは聞いた話を金に換えた。右の話を左に売り、左の話を右に持ちこむ。こうやって坊主たちはかなり裕福な生活をしていた。

「お内証の方さまに毒が送られたゆえ注意せよなどと、上様よりお報せがあったことを女坊主に教えてみよ、明日にはどのような噂が飛ぶか。それこそ、お内証の方さまが、上様を害するために、毒を購ったとなりかねぬ」

「まさか……」

「いや、噂ほどおそろしいものはない。噂というのは本人の知らぬところで拡がっていく。本人が知ったときには、拡がりきっている。それを否定したところでもう遅い。他人というのは、否定するほど真実だと思いこむからな。そうなれば、お内証の方さまのお立場はかえって悪くなる」

首を振りながら林忠勝が嘆息した。

「では、手のうちようがないと」

御広敷番が焦った。

「……いや、救いはある」

林忠勝が口にした。

「それは」

「そなたの知ってよいことではない」

「はっ」

身のほどを知る。これが役人として生き残る最大の手段である。御広敷番はそれをよく知っていた。

「ところで、人相書きの女のことは知れたのか」

「はい。峰の親元は尾張《おわり》藩江戸詰藩士北山源武《きたやまげんぶ》でございました」

「尾張だと……まさか」

さっと林忠勝の顔色が変わった。

「いかがなさいました」

御広敷番が気遣った。

「なんでもない。下がれ。このこと、決して口外するな」

厳しくもう一度念を押して林忠勝は、御広敷番を追い返した。

「尾張には届けの出ていない男子がいたはずだ。生母の身分が低いとかで、公子と認められておらぬという。しかし、尾張の血筋には違いない」

大名の子は生まれれば、それで若殿や姫と認められるわけではなかった。幕府へ届け出て初めて、子供がいることになる。たとえ何人男子がいても、藩主の死亡までに届けを出していなければ、世継ぎなきとして断絶の処分を受けた。これは、御三家であろうと格別扱いされない、幕府の祖法であった。

「淑姫さまの最初のお相手であった尾張宗睦《むねちか》公の嫡子五郎太さまが亡くなっても、次の届けがない。尾張が世継ぎを出すつもりを持たぬのならば、上様のご実家一橋家の若さまをご養子にと考えて当然だ」

家斉の長女淑姫である。その嫁ぎ先としてふさわしいのは、朝廷あるいは五摂家、大名ならば御三家でなければ釣り合わなかった。御三卿も格は高いが藩ではなく、十万俵の捨て扶持をもらうだけの身内衆でしかない。五郎太の後を受け継いだ一橋愷千代《やすちよ》では、不足だった。そこで、幕府はひそかに尾張家へ愷千代を押しつけようとしていた。

「尾張にとって八代将軍の座を争った吉宗の玄孫一橋家の血を引く一橋の若をいただくことに反発があるのは当然」

八代将軍を吉宗と争った尾張家では、偶然とは思えない藩主の変死が続き、ついにその座に手が届かなかった。御三家筆頭でありながら、弟の紀州藩に負けた恨みが、尾張家のなかに連綿と続いていることは、周知の事実であった。

「淑姫さまへ手出ししたならば、尾張で納得いくが、綾姫さまや、竹千代さま、次女さまを害し奉る理由がない。他にもお内証の方さまを排除しようとする者がおるのか」

難しい顔を林忠勝がした。

「いや、ひょっとして、綾姫さまは隠れ蓑か。本当の目的は淑姫さま」

内証の方の血を引くなかで唯一問題がないのが淑姫であり、誰も気にしてはいなかった。

「ええい、もどかしい。男ではなんの手も出せぬとは。女の城とはよくいったものよ。面倒な慣例を作ってくれたものだな、春日局。頼りは八重だけか。なんとか、上様のご心痛を防いでくれよ」

一人になった林忠勝が呟いた。

三

お局の食事は、それぞれの炊事場で作られた。炊事場は板敷きで、座って調理するようにできていた。窓も小さく、夕餉の用意は日が高いうちに始めないと、暗くなってからでは、食材が見えなくなりできなくなった。

「出汁《だし》を濃いめにとございまするが」

「砂糖を少し入れまする」

台所仕事は、お末の担当であったが、今回の料理は八重の伝手で教えられたものであることから、八重が監督を命じられていた。

「お味見を」

末が出汁を差し出した。

「……結構でございまする」

一口啜って、八重はうなずいた。

「ここへ卵を溶いたものを割り入れればよろしいのでございますな」

卵を持ったお末が確認した。

「さようでございまする」

問われた八重が首を縦に振った。

「ああ、卵は角にぶつけて割らないように」

「えっ」

注意されたお末が驚いた。

「固い角にぶつけて割った卵の殻は、ひびが四方八方に拡がるだけでなく、なかへと殻が食いこんでしまいまする。そうすれば、殻が混入しやすくなりまする」

八重が説明した。

「こうやって、卵の膨《ふく》らんだところを、膳の上にぶつけてやれば、まっすぐなひびが一本入りまする。そこへ手をかけてやれば……ほら」

綺麗《きれい》に卵が二つに割れ、中身が椀のなかへと落ちた。

「すごい」

感心したお末がまねをした。

「割れた」

喜んだお末が次の卵を割った。

「あれ、だめでした。縦にひびが。でも大丈夫でございまする。なかには殻が入っておりませぬ」

残念そうにしながらも、お末が卵を椀へと入れた。

「これを混ぜて……」

お末が菜箸で卵をかき回した。

あとは卵を出汁のなかへ入れるだけである。八重はすることを終えて、目の前に積まれていた卵の殻を捨てようと手にした。

「え……」

縦に割れた殻を内から見た八重が絶句した。

「……だめ。卵を入れては」

八重が叫んだ。

「な、なにを」

かき混ぜた卵を出汁に入れようとしていたお末が慌てた。

「卵を捨てて」

大声で八重が命じた。

「さわがしい。なにごとぞ。綾姫さまがお目覚めになるであろうが」

東雲が台所の襖を開けて叱った。

「これを」

八重が卵の殻を差し出した。

「なんだと言うか」

「内側から光に透かすようにしてご覧くださいませ」

「……穴……」

覗《のぞ》いた東雲が気づいた。

「豆腐だけではなかったのか」

「……豆腐はわざとではございませぬか」

「陽動だと」

東雲が八重を見た。

「二つのもののうち一つに毒があれば、もう一つは大丈夫だと思いこみやすくなりまする」

八重が言った。

「卵をすべてあらためよ」

「はい」

残りの卵を八重は確認した。

「七つに穴がございました」

「先ほどの一つと合わせて、八つか。二十のうちの八つ。三つ以上卵を使う料理ならば、一個は……」

　報告を受けた東雲が震えた。

「いただいた手紙に書いてあった調理法は、卵を三つと」

　八重も震えた。

「一体誰が、このようなまねを」

　東雲が憤った。

「わたくしの手紙を確認できる者」

　卵に入っている毒の数から、それは読めた。八重が述べた。

「……少し絞りこめるの」

「はい」

「さすがは、林出羽守どのが気に入るだけのことはある」

「ご存じだったのでございますか」

　八重は驚愕した。

「当たり前であろう。上様ご寵愛のお内証の方さまを除きたいと思っておる者は多い。大奥は女の戦場《いくさば》じゃ。局はいわば本陣である。そこへ、身元も知れぬ者をいれるわけなどなかろう。新しい三之間が来ると聞いて、親元を調べれば、遠縁とはいえ、林出羽守どのが一族。出羽守どのは、上様の信厚き小姓組頭である。その一族が大奥へ入り、お内証の方さまのもとへ来る。しかも、先日、お内証の方さまが、上様へお訴えをなされたばかりとなれば、そなたが出羽守どのの手の者だと考えるに無理はなかろう」

やるべきをやっただけだと、東雲が告げた。

「畏れ入りまする」

深く八重は頭を下げた。

「出羽守どのからは、どのような指示を」

東雲の言葉遣いがていねいになった。

「お方さまをお守りせよ。三月《みつき》の間だけでよいと」

「……真か」

「はい」

「三月……期限を切られたのはどういうことじゃ」

言った八重へ東雲が問うた。

「わたくしが宿下がりをいたしますので」

「なんだと」

東雲が驚愕した。

「大奥は生涯奉公であろう。そなたならば、じきにお次、いや表使いでも務まるぞ」

「ありがたいお言葉でございまするが、わたくしは市井の女。長く大奥にいられるほど、教養などございませぬ」

はっきりと八重が拒んだ。

「そなた、処女か」

「……いいえ」

八重がうつむいた。

「そうか。もし男を知らぬのであれば、お褥をご辞退なされたお内証の方さまのお身代わりをと思ったが……」

残念そうに東雲が口にした。

「市井の女に戻りたいか。大奥におれば禄をいただけ、住むところにも困らぬ。処女でなければ、上様のお手が付いたお腹さまやお部屋さま、仏間のお世話をするお清の中臈にはなれぬが、表使いやご錠口番くらいにまでならば、出世できる。表の若年寄や側用人どもと比肩する身分になれるのだぞ。もちろん、親元を引きあげることもできない話ではない」

「身内の立身を……」

東雲の話に、八重が揺らいだ。

「そうだ。そなたの親元である林家を五百石にするのは簡単じゃ。そなた次第では、千石も夢ではない」

興味を見せた八重に、東雲が追い撃った。

「……………」

八重は口を閉じた。

「……そなた、好いた男がおるのか」

東雲が八重を見つめた。

「わたくしのような者が、人を好きになるなど……」

力なく八重が首を振った。

「おるのだな」

八重が否定しなかったことを、東雲は見逃さなかった。

「男など、勝手なものぞ。己のしたいようにしかせぬ。こちらの都合を考えもせず、身体を求めてくる。子を産む辛さは女だけしか感じぬ。これはいたしかたないことだが、子を育てることも女に任せ、男はなにもせぬ。男の欲望に夜翻弄《ほんろう》され、朝早くに起きて朝餉を作り、男を送り出した後、子供の面倒を見ながら洗濯をすませ、夕餉の用意をしながら、男の帰りを待つ。この繰り返しで、日々をすり減らすだけぞ。大奥にてあるていどの身分にまでのぼれば、炊事や洗濯をすることもなく、気に入った小袖を身にまとい、櫛や笄《こうがい》など好きな小物を手にできる。なにせ、己で稼いだ金じゃ。どう使おうと誰からも文句は出ぬ」

東雲が続けた。

「…………」

じっと八重が目を閉じた。

「どうじゃ」

もう一声と東雲が押した。

「わたくしは人並みの女としての一生を、二年前に捨てておりまする」

八重が口を開いた。

「二年前……」

東雲が首をかしげた。

「そして一年前、命を奪われそうになりました。そのとき、わたくしを救ってくださった方々がおられまする」

「命を……」

小旗本の娘の命など狙われることなどない。東雲が怪訝な顔をしたのも当然であった。

「その方たちへのご恩返しはまだすんでおりませぬ」

「大奥にいれば、そのくらいのこと容易であるぞ。相手が商人ならば、大奥御用達にしてやることもできる。浪人者ならば、仕官の世話もできる」

ここぞと東雲が言った。

「いいえ。お一方は商人には違いありませんが、決して大奥へ出入りできる商いではございませぬ。残りのお方はご浪人ですが、一年前まで大藩の藩士でございました。人の飼い犬をするのが嫌になったと藩を退身されたのでございまする。いまさら仕官などなさるおつもりはございますまい」

ほほえみながら、八重が告げた。

「…………」

今度は東雲が黙った。

「これはご無礼を申しました」

八重が慌てて詫びた。

「いや。かまわぬ」

東雲が気にするなと手をあげた。

「この話はあとでまたな。なにより今はお内証の方さまと綾姫さまをお守りせねばならぬ」

「はい」

八重が同意した。

「卵に毒を忍ばせた。これは、綾姫さまの召しあがるものを先にお味見なさるお内証の方さまも害する気であった証拠。なんとしてでも相手を見つけ出さねばならぬ」

「食材すべてに気を配らねばなりませぬ」

大奥女中たちの食事は自前である。米は扶持として与えられているため、購入するものは味噌《みそ》や醬油《しょうゆ》、副菜となる。そのすべてが、七つ口を経由してくるのだ。どれ一つとして、今後は安心して使えなかった。

「なにかよい手を考えよ。出羽守どのが送りこむほどである。できるはずだ」

「…………」

預けると言う東雲に、八重は返答できなかった。


八重からの二通目となる手紙を、夕刻すぎに昼兵衛は受け取った。

「ありがとうございまする」

届けに来た五菜へ、昼兵衛は二朱銀を一つ握らせた。

「こいつはどうも」

喜んで五菜は帰って行った。

「毒ときましたか。なんとまた、古典どおりな」

昼兵衛が嘲った。

「大事ないのか」

あれ以来朝から山城屋に詰めている大月新左衛門が問うた。

「手紙を書けるのでございますよ。大丈夫に決まっておりまする」

小さく笑いながら、昼兵衛が言った。

「川勝屋《かわかつや》宗右衛門《そうえもん》でございますか。どこにあるかは書いていませんが、海老さんなら知っていましょう」

昼兵衛が呟いた。

「続きは、ご自身の体調を報告するような書きかたでございますが、これは……」

じっと昼兵衛が読みこんだ。

「先日味門で紹介してもらった修験者、郁生坊さんが帰ってきておられるかどうか見てきていただけますするか。場所はおわかりで」

「ああ。大丈夫だ。いれば来てもらうのだな」

「はい」

「承知」

新左衛門が急いで出て行った。

「おい、ちょっと横町まで行って海老さんに来てくれるようにと頼んできなさい。店はわたしが見ておくからね」

昼兵衛が番頭に命じた。

「へい」

急いで番頭が駆けていった。

「距離からいって、先に来るのは海老さんだな」

残った昼兵衛が呟いた。

四

「お呼びで」

予想どおり、海老が顔を出した。

「川勝屋宗右衛門を知っているかい」

一分金を差し出しながら、昼兵衛が訊いた。

「……川勝屋……。ああ、日本橋の魚河岸近くの」

少し考えた海老が思い出した。

「どういう店だい」

「もとは川魚を専門にしていた魚屋でございましたが、今では卵や山鯨《やまくじら》なんぞ、野菜以外の食いものを扱う大きな店で」

海老が述べた。

「大奥へ出入りしているのかい」

「まだだったと思いやすがね。江戸城お出入りは、魚河岸で決まってやすから、割りこむのは無理でござんすが、大奥はお女中ごとに店が変わりまするから、お出入りになりやすい。狙ってはいると思いますよ」

「狙ってどうにかなるものなのだと」

昼兵衛が尋ねた。

「はい。こちらは、江戸城ほど厳しくございませんから。御台所さまの御用達は、さすがに難しゅうございましょうが、ご中臈さまあたりならば、少し気に入ってもらえれば、どうにでも」

「気に入る……」

「ようするに賄というものでございますよ。局の主にではなく、実際に店へ来る五菜や、買いものの手配をするお女中を籠絡《ろうらく》する。それだけで。局の主ともなれば身分は高いので、着物や小間物でなければ、どこで買おうとも気にされませんから。局の主が知らなくとも、店で買いものをすれば、出入りも同じ」

「なるほどねえ」

海老の説明を昼兵衛が理解した。

「大奥出入りの看板って、それほどの価値があるのかね」

「そこそこございますよ。大奥出入りと江戸城出入り、その差をわかる者は少のうございますから。大奥出入りというだけで、立派ないいものだと思いこんでくれるお客が結構いるようで」

「己の目と舌で確認しないからだよ。食いものも女も同じだね」

昼兵衛が嘆息した。

「来ていただいたぞ」

そこへ新左衛門が戻ってきた。

「なにかの」

新左衛門の後ろに郁生坊が続いた。

「お初にお目にかかりまする。本日はお出《い》でいただきありがとうございまする」

「貧乏出家の郁生坊だ。酒と飯を布施してくれるならば、どこにでも参るぞ」

大柄な新左衛門に優るとも劣らない巨漢が名乗った。

「では、後ほど味門で存分に」

「それはありがたい」

「これをお読みいただき、よい方法をお教えいただきたいのでございまする」

喜んだ郁生坊へ、昼兵衛が手紙を見せた。

「どれ……ふむ」

すぐに郁生坊が読み終えた。

「これは遊郭病ではないかの」

「遊郭病でございますか。初めて聞きまするが」

妾屋として女には詳しいと自負している昼兵衛さえ知らない病名であった。

「遊郭の遊女たち、そしてその産んだ子供たちによく見られる病よ。最初、身体がだるくなり、食べたものを吐き、やがてものが喰えなくなって徐々に衰弱する。これを遊郭病と、拙僧は呼んでおる」

「原因は」

「わからぬ。だが、遊郭に多いことから考えてみれば、白粉《おしろい》がかかわっておるのではないかと」

「白粉でございますか。市井の女も使いまするが……」

昼兵衛が首をかしげた。

「胸までは塗らぬであろうが」

あきれたように郁生坊が言った。

「それに町屋の女房どもは、白粉さえ塗らぬではないか」

「……そのとおりでございましたな」

苦笑しながら昼兵衛は同意した。

まだ嫁入りしていない娘でさえ、白粉を塗る者は少ない。長屋の女房などになれば、まず白粉など持ってさえいなかった。これは、白粉を買うだけの金がないのもあるが、化粧にときを費やす余裕がないからである。その暇があれば、縫いものの一つ、洗濯を一回する。いや、しなければ困るのだ。庶民の日常に化粧が入りこむ隙間《すきま》はない。

といっても、町屋でも少し裕福な商家の娘や武家の女は化粧をした。もちろん、薄化粧であり、顔がわからないくらい真っ白に塗りたくったうえから、眉と紅を書くような濃いものをするのは商売女だけである。

商売女は、あまり明るいところにはいなかった。明るいところで見れば、粗《あら》が目立つからである。顔にあるしわ、しみなどを隠すには、まず薄暗くないとだめなのだ。そのうえで、顔を目立たせなければならないという矛盾もあり、まるで白壁のように塗りたくる。

さらに商売女の本領は、閨ごとにある。男を暗がりにある寝床に引きずりこむだけでなく、さっさと終わってもらわないと困るのである。一人に手間をかければ、一晩で相手できる男の数が少なくなってしまう。これは稼ぎが減るということであり、ひいては生活できるかどうかにかかわってくる。とくに妓を抱えている遊郭や岡場所にとって、客の数は大きな影響を与えた。

一人の女に多くの男の相手をさせなければ、遊郭の儲けは少なくなる。そこで男を興奮させるために、乳房まで真っ白に塗って、いい女だと見せかけるのだ。

「大奥の化粧はどうなのでございましょうかね」

昼兵衛も知らなかった。

「生まれたばかりの子供にも化粧をするわけはないだろうが……」

腕を組んで郁生坊もうなった。

「で、どうすれば遊郭病はよくなるのでござるか」

新左衛門が問うた。

「まず、白粉を使わぬことだな。遊郭から身請けされた女たちを少し見たが、完治はしていないがましになっている者が多い」

郁生坊が答えた。

「あと体毒下しだな」

「体毒下しでございますか」

「うむ。こんにゃくや牛蒡《ごぼう》などを毎日取れば、身体のなかにたまった毒を外へ出すことができる。ただし、胃や腸が弱っているときは、かえって良くないときがあるので、注意せねばならぬが」

尋ねた昼兵衛へ、郁生坊が注意を与えた。

「加持祈禱は効きませんか」

「どうであろうかの。本人がお山へ来るならば効果は出るだろう。だが、それは難しいのであろう。導師にお願いをしても、本人から離れていては薄い。いや、まず効くまいな」

「そんなに変わりますか」

昼兵衛が驚いた。

「ああ。祈禱というのもな、医者と同じなのだ。相手の状況を見て、唱える真言が変わっていく。たとえとして正しいかどうかわからぬがの、火をどうやって消すかを考えてみてくれ。江戸中を焼き尽くそうかという大火を消すためには、豪雨が要る。しかし、掌《てのひら》の上でころがしている煙草《たばこ》の火だとどうだ。そこへ豪雨など来れば、火は消えても、その人も流され命も危なくなろう。祈禱も同じじよ。症状が重いときは、近づく魔どもを一気に払わねばならぬゆえ、不動明王さまにおすがりする。そのおかげで軽くなったのならば、次は薬師如来さまをお招きして、癒していくと変えていかねばならぬ」

「おっしゃるとおりでございますな」

　大きく昼兵衛はうなずいた。

「相手が大奥では、その咄嗟《とっさ》の変化がわかるまい。急いで使者を出したところで、その者が、的確に状況を説明できるとはかぎらぬ。また相手が高貴な身分であれば、使者を務めるていどの者が直接様子を見られはすまい。誰かをつうじて、話を聞き、それを持ってくる。そのときに話がゆがまぬという保証はない」

「…………」

　語る郁生坊に、皆が聞き入った。

「それに……」

　郁生坊が一同を見回した。

「使者が味方だとはかぎるまい」

「あっ」

　思わず新左衛門が声をあげた。

「まちがった状況を報告されては、先ほどの例と同じじゃ。強い修法《しゅほう》は、祈られる者の負担ともなる」

「まったくで」

昼兵衛が首肯した。

「ありがとうございました。またお願いするやも知れませぬ。お手数ではございますが、江戸を離れられるときは、一報をいただけますよう。あと、本日味門でのご飲食はご随意になさってくださって結構でございまする」

「酒もか」

「はい。ご存分に」

確認する郁生坊へ、昼兵衛はうなずいてみせた。

「では、早速に」

ほくほくした顔で、郁生坊が出て行った。

「少し出かけて参りまする。大月さま、おつきあいをいただけまするか」

昼兵衛が誘った。

「よかろう」

新左衛門が手にしていた太刀を、腰へ戻した。

江戸の町の夜は明暗の差が大きかった。

明るい代表は吉原などの遊郭や酒を飲ませる店が並ぶ歓楽街であり、暗い代表が長屋などの多い町屋であった。

これは明かりに使う蠟燭《ろうそく》や灯油が高く、庶民ではなかなか買えないからである。

では、武家町はどうかというと、二手に分かれていた。大名家や高級旗本たちの多いところは、辻灯籠《つじどうろう》に灯《ひ》が入っているだけではなく、赤々と門前でかがり火を焚《た》いている。対して、小禄の旗本、御家人がひしめいているところでは、どこも灯を使わず、真っ暗であった。

これも金のあるなしの結果であった。

寵臣林忠勝の屋敷は江戸城に近く、付近に高禄の旗本屋敷が多いため、どこの辻灯籠にも灯がまたたき、提灯《ちょうちん》なしで歩けた。

「どうした、山城屋」

訪いを入れた昼兵衛は待たされることなく、林忠勝と会えた。

「一つお伺いしたいことがございまして」

客間にとおされた昼兵衛は、居心地の悪さを感じていた。

「…………」

同席している新左衛門も落ち着きがなかった。

これは、面会の順番を待っていた大名家の家老や、旗本たちを尻目に来たばかりの二人が、林忠勝のもとへ招かれたからであった。

「よろしゅうございますので。わたくしどもならば後で」

用件に入る前に、昼兵衛は気遣った。

「かまわぬ。お内証の方さまのことは、上様に直結する。上様のこと以上に、たいせつなものなどない」

きっぱりと林忠勝が宣した。

「畏れ入ります る」

昼兵衛は一礼した。

「先日より八重さまから二通の手紙が参りまして……」

事情を昼兵衛が説明した。

「……お内証の方さまのお側に、敵方の者が紛れこんでおると」

「かも知れぬというだけで、どなたがそうだとかいう、確証などはございませぬ」

昼兵衛が先走らないでくれと言った。

「安心せい。誰かわからぬのに動きはせぬ。相手がわからぬならば、お内証の方さまについている者をすべて替えればすむというわけにもいかぬでな。玉石混淆《ぎょくせきこんこう》よ。石が入ったからといって玉の箱を捨てる馬鹿はおるまい。石をゆっくり探し出せばいい。忠義者は得難いでな」

笑いながら林忠勝が述べた。

「一つこちらから教えておいてやろう」

「なんでございましょう」

林忠勝の言葉に、昼兵衛が首をかしげた。

「大奥女中たちは、上様の目に止まることを至上の夢としておる。化粧は濃いぞ」

終生奉公といいながらも、大奥女中は江戸城から出られないわけではなかった。将軍あるいは御台所の命日や忌日があれば、寛永寺や増上寺、伝通院《でんづういん》など菩提寺へお参りにいった。表向き御台所あるいは、子を亡くしたお部屋さま、お腹さまの代理という形ではあったが、駕籠をしつらえて外出できた。さすがに町中で駕籠の扉を開けることはないが、七つ口では、誰が乗っていようともあらためがある。そのとき、七つ口にいれば、大奥女中の顔を拝むことはできた。

「乳まで塗っているかどうかは知らぬ」

笑いながら林忠勝が述べた。

胸に白粉があるかどうかを知るには、閨を共にするしかない。それは大奥女中と林忠勝が密通したとの証拠になりかねなかった。

本当に密通していなくとも、噂だけでも寵臣にとっては致命傷となった。家斉の腹心として力を振るう林忠勝にはすり寄る者も多いが、敵対者も少なくはなかった。林忠勝を追い落としてその後釜《あとがま》に座りたいと考えている者にとって、大奥女中との不祥事は願ってもないことなのだ。

「大奥はややこしい。皆が思っているように、上様しか入れぬ男子禁制の場ではない。吾とて、大奥から上様のお呼びがあれば足を踏み入れることができる。ほかに老中や若年寄、留守居、大奥を担当する御広敷の者、さらに奥医師、御広敷伊賀者、黒鍬者《くろくわもの》など、けっこうな数の役人が入れる」

「そんなにも」

昼兵衛は驚いた。

「ですが、その割に大奥のことは外に漏れませぬ」

「当たり前だ。誰でも己の閨の話を公《おおやけ》にしたいとは思うまい」

「それはそうでございますな」

林忠勝の言葉に昼兵衛は首を縦に振った。

「大奥のなかのことを漏らせば、老中といえども無事ではすまぬ。奥医師や伊賀者などは、それこそ命がなくなる。下手すれば、一族ごと罪に落とされる。なにせ、相手は上様だからな」

「……………」

閨のなかのことを話しただけで、首が飛ぶ。大奥のおそろしさに昼兵衛は息を呑んだ。

「では、ご苦労であったな」

面会は終わったと、林忠勝が告げた。

「川勝屋のことはいかがいたしましょう」

「それは八重からおぬしが頼まれたことであろう。吾に訊くのは筋違いじゃ」

あっさりと林忠勝がいなした。

「わかりましてございまする」

ていねいに昼兵衛は一礼した。

「大月であったな」

一緒に一礼して帰ろうとした新左衛門へ、林忠勝が声をかけた。

「はい」

立ったままの返答は無礼である。新左衛門は片膝をついた。

「仕える気にはまだならぬか」

「ありがたき仰せながら、もう主君を持たぬと決めましたので」

新左衛門は断った。

「伊達ごときと同じ扱いは心外じゃ。吾ならば、そなたを使いこなしてみせるぞ」

「林さま」

昼兵衛が口を挟んだ。

「なんじゃ」

「今は、わたくしが大月さまを雇わせていただいておりまする。横取りはご遠慮いただきたく」

「……ふふふ」

一瞬、するどく昼兵衛を睨んだ林忠勝が、声をあげて笑った。

「そうか。主がいるのに誘ってはいかぬな」

林忠勝が続けた。

「では、山城屋の用が終わった後、吾が大月を雇えばよいのだな」

「はい。その節は是非、わたくしども山城屋にお話をいただけますよう」

にこやかに昼兵衛が言った。

「わかった。ご苦労であった」

今度こそ、用件は終わったと林忠勝が手を振った。

林忠勝の屋敷を出た昼兵衛と新左衛門は、そろって大きく息を吐いた。

「あれが将軍家の寵臣というものなのだな」

「おそろしいお方でございますな」

二人は顔を見合わせた。

「人が集まるのも当然でございますな」

歩きながら昼兵衛が言った。

「あの者たちはなにをしておるのでござるか」

新左衛門が振り返った。

門の側に何人もの侍がたむろしていた。

「あれは応接待ちでございましょう。林さまにお目通りを願うために来ておるのでございますよ。お目にかかって、要望を述べる」

「林さまにそれだけの力があるということか」

すぐに新左衛門は理解した。

「上様のお側にあって、寵愛第一といわれているお方でございまする。下手な老中より、効果がございましょう」

「なるほど」

新左衛門が納得した。

「もっとも無料《ただ》ではございますまい。金か恩義か」

「恩か。高くつきそうだな」

浪人したことで、新左衛門も世知辛くなっていた。

「まったくでございますな。しかし、お武家さまというのは、それにお気づきでない。いや、お気づきかも知れませぬが、金を遣うよりましとお考えのようで」

昼兵衛が苦笑した。

「金は遣っても稼げばすむが、恩は一度借りれば、こちらのつごうで返せぬというに」

新左衛門も嘆息した。

「まあ、わたくしどもにはかかわりのないこと」

「だな」

二人は足を速めて帰途を急いだ。

武家町をはずれ、辻灯籠の明かりがなくなった。

不意に新左衛門が、昼兵衛の前へ割りこむようにして足を止めた。

「敵でございますか」

さっと昼兵衛の表情が変わった。

「のようだ」

新左衛門が太刀を抜いた。

「いきなり抜くとはぶっそうな御仁《ごじん》じゃな」

前方の闇《やみ》から、からかうような声がした。

「どなたさまで。わたくしは浅草で人入れ稼業を営んでおりまする山城屋と申しますが、お人違いでは」

「妾屋であろう。まちがえてはおらぬさ」

ゆっくりと陰から月明かりのもとへと、一人の浪人者が姿を現した。

「初めてのお方でございますな」

「ああ。妾を持てるほど裕福ではないのでな。おぬしの客になったことはない。もっとも、今夜の仕事を無事にすませられれば、一年ほど妾を囲えるだけの金をもらえるが、そのときはおぬしの命はなくなっておるで、やはり顧客にはなれぬ」

浪人者が述べた。

「お名前をお伺いしても」

昼兵衛が尋ねた。

「今夜かぎり、一夜の縁に名を問うなど、無粋ではないか。女で生きている妾屋とも思えぬぞ」

馬鹿にしたように浪人者が笑った。

「これは気づかぬことをいたしました」

一礼しながら、昼兵衛が下がった。

「大月さま。よろしくお願いいたしますよ」

「ああ」

新左衛門が首肯した。

「たった一人の護衛とは少なかったな」

浪人者が近づき、二人の間合いは三間（約五・四メートル）を割った。

「居合いだな」

一足一刀と呼ばれる必死の間合いになっても、太刀を抜かない浪人者へ新左衛門は言った。

「そのくらいの目を持っておらねば、おもしろくないわ」

嘯いて、浪人者が腰を落とした。

「……………」

合わせるように新左衛門も低い体勢を取った。

二人はしばらく対峙した。

「どうした、来ぬと始まらぬぞ」

浪人者が誘った。

居合いは後《ご》の先《せん》である。相手の動きを察知し、それに応じて神速の剣を振るう。

「そちらから来てはどうだ。じっと待ち構えた刺客など聞いたことがないぞ」

新左衛門が応じた。

「若い者から動くのが礼儀であろう」

「ときを過ごせば人が来るかも知れぬ。よいのだな」

「……くっ」

ふざけていた浪人者が、新左衛門の言葉で顔色を変えた。

「死に急ぐか」

浪人者が表情を厳しくした。

「どのくらいの日当をもらっておるかは知らぬが、命には替えられぬ。今なら見逃してくれるぞ」

言いながら、浪人者が左足をするようにして前へ出した。

「逃がしてくれるそうでございますよ。刺客の顔を見た者を」

昼兵衛が嘲笑した。

「こいつっ。妾屋の分際で」

図星を突かれた浪人者が、顔を赤くした。

「金で人殺しを引き受けるより、よほどましだろう」

新左衛門も前へ出た。

「……しゃ」

口をきいたのを隙と見た浪人者が大きく踏みこむなり、片手で太刀を薙いだ。

「ふん」

横薙ぎは太刀の軌道が変化しにくく、読みやすい。新左衛門は太刀を縦にして受け止めた。

甲高《かんだか》い音がして火花が散り、太刀同士の動きが止まった。

「かかったな」

下卑た笑いを浮かべて、浪人者が使用していなかった左手を脇差へあてがい、抜き放つなり突いてきた。

かわした。

「おう」

新左衛門は当たっている太刀を支点に、足を送り立ち位置を変えることで一撃をかわした。

「このっ」

慌てて浪人者が脇差を手元に引き、もう一度突こうとした。

「馬鹿でございますねえ」

昼兵衛が笑った。

回りこんだ新左衛門が体重をかけて太刀を押した。

「おおう」

その圧力に浪人者が揺らいだ。

「大月さまの膂力《りょりょく》は並じゃない。見えている腕の太さを気にしなかったおまえさんの負けだよ」

冷たく昼兵衛が宣した。

「な、なにをいう……」

言い返しかけた浪人者が口を閉じた。新左衛門に押し負けそうになっていた。

「こやつめ」

左手の脇差で、浪人者が斬りかかった。

「……あほうめ」

脇差を振るったことで、腰にあった重心がずれたのを、新左衛門は見逃さなかった。新左衛門は太刀を引いた。

「あ、あわっ」

押し負けまいとして反発していた浪人者がたたらを踏んだ。

「えいっ」

太刀を新左衛門が小さく動かした。浪人者の喉が裂けた。

「ひゅううう」

口笛を吹き損ねたような声を漏らして浪人者が倒れた。

「お見事でございました」

昼兵衛が褒めた。

「どこの回し者であろう」

「思いあたる節が多すぎますな」

「伊達藩ではないな。藩ならば刺客を雇わず、藩士を使う。金が要らぬからの。となれば、東大膳正か」

痛い目を見せた旗本の名前を新左衛門は出した。

「違いましょう。東大膳正は、大月さま、山形さまの腕を知っておりまする。まちがえてもこのていどの輩を一人で出すことはございますまい」

はっきりと昼兵衛が首を振った。

「では……」

「大月さまの腕を知らないとなれば、大奥の絡《から》みでございましょう。川勝屋かも知れませぬ」

「まだなんの動きも見せておらぬのに……」

新左衛門があきれた。

「先を読む。それがよい商人でございますよ」

昼兵衛が述べた。

「これも見抜いておられるのでございましょうな、林さまは」

来た道を振り向いて、昼兵衛が嘆息した。

第五章　血統攻防

一

　その日、家斉は急遽《きゅうきょ》大奥での相手を変更した。

「内証のもとへ参る」

「はっ」

　大奥へ家斉の訪れを報せる役目をする中奥小姓は、なんの疑念もなく受け止めたが、中奥小姓から通達を受けた大奥ご錠口番は絶句した。

「まちがいないのであろうな」

　ご錠口番は大奥でも格式が高い。目見え以上の旗本の子女が、大奥で十年ほど過ごしてようやくなれるのがご錠口番である。大奥へ入った将軍の案内をすることから、家斉と口をきくことも多く、矜持は小姓より強かった。

横柄《おうへい》な口調で確認するご錠口番へ、中奥小姓が言い返した。

「ご錠口番が疑いますゆえ、お書きものをいただきたくと、上様へ申しあげて参りましょう」

「ま、待て」

慌ててご錠口番が止めた。そのようなことを家斉に告げられては、まちがいなく咎めは来る。謹慎ですめばいいが、最悪大奥からの放逐もあった。そもそもご錠口番は将軍の手が付かない証明のような職務なのだ。家斉と顔を合わすことも多々あるのに、声をかけられていないから中臈ではなく、ご錠口番をしている。当然、歳も二十五歳をこえている者ばかりで、いまさら親元へ帰っても居場所などない。上様の逆鱗《げきりん》に触れて放逐された女を嫁にといってくれる家もあるはずなく、生涯を実家の厄介者として日陰の日々を送ることになるのは確実であった。

「お内証の方さまは、先日お褥ご辞退をなされたはず。それゆえの確認であった。他意はない。許されよ」

ご錠口番が詫びた。

「閨御用ではないとの仰せでございまする。夕餉を共にせよと」

「承知。ただちにお報せを」

中奥小姓へご錠口番がうなずいた。

ご錠口とは、中奥と大奥をつなぐ廊下のようなものである。その距離はおよそ五間（約九メートル）で、中奥側、大奥側に扉があり、普段は厳重に鍵がかけられている。

用件のあるときだけ、両方の扉が開けられ、顔だけ出した中奥小姓と、ご錠口番の間でやりとりされた。

「お伺いいたしました。わたくしはお内証の方さまのもとへ」

中奥小姓と交渉したのとは別のご錠口番が駆けていった。

「では、わたくしはお楽の方さまのもとへ」

詰め所にいたもう一人のご錠口番が続いた。

お楽の方へも使者が走ったのは、当初、本日の閨御用として家斉から指名されていたからである。

「上様の御用を退いた側室に奪われたのだ。お楽の方さまはお怒りであろうな」

中奥小姓とやりとりしたご錠口番が嘆息した。

報せを受けたお内証の方の局とお楽の方の局の対応は正反対であった。

将軍の来訪を受ける側室は多忙を極める。なにせ共寝をするのだ。身体の手入れに惜しまぬ手間をかける。

まず、将軍の身体に傷を付けることはぜったいに許されないため、毛切れをしないよう、陰部の毛を剃《そ》らなければならない。普通の妾と違うのは、まず連日のお声掛かりはないために、そり跡の生えかけを気にしなくていい。その夜だけ綺麗であればいいので、妾の軽石や、遊女の線香などのように面倒なことはしなくてよく、剃刀で処理すれば終わる。もちろん、局が自らすることはなく、配下の女中にさせる。

つづいて入浴をすませたあと、全身に香を薫《た》きこめるのだ。湯上がりの浴衣《ゆかた》一枚となった側室が、湯殿に隣接した小部屋で香に蒸される。

この二つをするだけで、一刻（約二時間）はかかる。そのあと、早めの夕餉になる。共寝の最中に空腹の音などしては興ざめとなるが、かといって満腹になるまで食べれば、下腹が出て、見栄えがよくない。軽く湯漬けと梅干していどですませる。

匂いものは接吻《せっぷん》のときに困るので、避ける。ここまですんでようやく化粧に入る。

側室が将軍の閨に侍るのは、おそろしいほどの手数と暇がかかった。

「なんじゃと」

お渡り中止を聞かされたお楽の方が呆然とした。

「上様のご体調になにか」

お楽の方に付けられている中臈が顔色を変えた。

側室たちにとって、将軍の体調は大きな関心事であった。どれほどの寵愛を受け、大奥で権力を恣《ほしいまま》にした側室でも、将軍が死ねばそこまでなのだ。髪を下ろし、大奥を出て、城下に何カ所かある御用屋敷で、家斉の菩提を弔うだけの生涯を送ることになる。もう季節変わりだからといって、新しい着物を買うことも、かわいい簪《かんざし》や笄を使うことも許されない。まさに、女としては死んだも同然の日々が来る。

その影響は側室だけでなく、付けられていた者にも及ぶ。側室が大奥を離れれば、局は解散し、そこにいた女中たちも帰属を失う。お末や三之間は、まだよかった。次の主を探すだけですむが、中臈以上になれば、今の主と一蓮托生《いちれんたくしょう》である。やはり尼になって、御用屋敷へ送られ、読経《どきょう》だけの余生を強いられる。

中臈が家斉の体調を気にするのは当たり前であった。

「いえ。上様のご体調についてはなにもお報せがありませぬ」

ご錠口番が首を振った。

事情を知っているご錠口番だが、問われないかぎり余計な話をしない慣例であった。これは、側室たちのなかにある勢力争いに巻きこまれないようにするためであり、とどのつまりは保身からきていた。

「なにがござったのだ」

立ち直ったお楽の方が問うた。

すでに湯浴みをすませたお楽の方は、大奥一といわれるにふさわしいあでやかさを身にまとっていた。

「……はい」

一瞬見とれたご錠口番が、問われたからいたしかたないとの体で理由を話した。

「お内証の方さまだと」

中臈が気色《けしき》ばんだ。

「お褥ご辞退を申し出た側室のもとへ上様がかよわれたなどという記録はないはず

じゃ」

側室は閨の御用を果たすためにいる。正確には子供を産むために在《あ》る。それから引退した妾など、男にとってなんの価値もないはずである。中臈が憤るのも不思議ではなかった。

「第一、今からで御用に間に合うのか。お身体の手入れができずでは、上様のお側に侍れぬぞ」

中臈が嘲笑した。

「閨へのお呼びではございませぬ。夕餉のお誘いでございまする」

ご錠口番が否定した。

「夕餉か」

ほっとした顔を中臈が見せた。

「では、これにて」

いつまでも足を止めてはいられなかった。ご錠口番の仕事は、詰め所にあってご錠口の警固をすることである。急ぎご錠口番が去っていった。

「よろしゅうございました、お方さま。夕餉だそうでございまする」

中臈がなぐさめた。

「……たわけ」

美しい顔を鬼のようにゆがめて、お楽の方が怒った。

「夕餉だと。この妾との交わりより、年老いた女と食事を共にするほうを上様は選ばれた。妾のこの身体が、食いものに負けたのだぞ」

着ていた浴衣をお楽の方が放り投げて、裸身を晒した。

「この肌も、この乳も、この女陰も、すべて天下人にふさわしいはずじゃ。そうであろうが」

「お方さま……」

迫力に中臈が腰を抜かした。

「隠居してまでも、妾のじゃまするか」

お楽の方の声が震えていた。

「御園《みその》」

「は、はい」

呼ばれた中臈が慌てて起きあがった。

「内証のもとへ人を入れていたな」

「お末を一人」

「その者に命じよ。今宵《こよい》どのような話がなされたか、一言漏らさず報せよとな」

「身分からして難しいかと」

　お末は将軍の側へ寄れない。

「なんとかいたすのが、そなたの仕事であろう。それとも、妾に中臈を代えてくれと上様に願わせたいか」

　主である側室に嫌われた中臈など、どこも引き取ってくれない。中臈は幕府の家臣扱いなので、禄まで失うことはないが、大奥での居場所はなくなる。居場所のない中臈にしたがう者などいない。そうなれば、己の身の廻りのことをしてくれるお末が使えなくなった。

「い、いえ。なんとかいたしまする」

　脅された中臈が大きく首を振ってうなずいた。

　報せを聞いたお内証の方の局は大騒動であった。

「ご夕餉をお方さまとお摂りになる。お夕餉はこちらで用意するのか」

「お方さまのご用意はどこまでいたせばよい。閨御用はないとの仰せゆえ、お手入れまではせずともよかろうが、ご入浴と香の薫きしめはいたさねばなるまい。急ぎ湯殿の用意を」

東雲やお初が慌てた。

「静かにいたせ。綾姫さまがおむずかりになるであろう」

お内証の方が叱った。

「申しわけございませぬ。ですが、上様のお成りをお迎えするとなりますれば……」

「上様がここに来られるわけではない。落ち着きやれ」

興奮している東雲をお内証の方が諫《いさ》めた。

男子を産めばお部屋さま、女子をもうければお腹さまと呼ばれ、一門の扱いを受けるとはいえ、側室はあくまでも奉公人である。主が奉公人の部屋へ行くことは、身分にもかかわるため、大奥ではありえない。閨御用の節でも、側室たちは大奥における将軍の居間、小座敷へ出向いて共寝するのだ。

また夕餉といっても、毒味の問題や材料の観点から、側室が用意することはなかった。すべて御広敷の台所役人によって調理され、それが小座敷へ持ちこまれる。側室は、そのご相伴《しょうばん》にあずかるだけであった。

「妾と東雲の二人が小座敷まで行くだけじゃ。落ち着け」

お褥ご辞退をした側室のもとへ将軍が来る。前例のないことに舞い上がっている東雲たちに内証の方があきれた。

「申しわけございませぬ」

ようやく局が落ち着いた。

「お方さま、八重を同道いたしてよろしゅうございましょうか」

「よいが、三之間は上様の前に出られぬぞ」

東雲の願いに内証の方が首をかしげた。

「少しさせたいことがございますれば」

「上様のご機嫌を損ねぬようにな」

内証の方が許した。

小座敷はご錠口を入ってさほど離れてはいなかった。控えの間と二間しかなく、そこで将軍は起居し、側室を抱いた。

「お呼びをいただき、恐悦至極でございまする」

内証の方が小座敷の襖側で両手をついた。

「うむ。そなたも息災のようでなによりじゃ。綾はどうしておる」

「ご威光をもちまして、いささかよいかと」

問われた内証の方が、少し頬をゆるめた。

「そうか。それは重畳《ちょうじょう》」

満足そうに家斉も笑った。

「座に着くがいい」

「畏れ入りまする」

勧められて内証の方は、家斉の下座へ腰をおろした。

「下がれ」

家斉が、控えていたお清の中臈へ命じた。

お清の中臈とは、将軍の手が付いていない大奥女中のことだ。大奥へ来た将軍の身の廻りのことを主な任としていた。

「それは」

小座敷に属する女中たちが難色を示した。

お清の中臈たちは、側室たちを下に見る風潮があった。能力ではなく、容姿で選ばれただけの女とさげすんでいる。これは、家斉から格別な扱いをされる内証の方や、お楽の方でも同じであった。閨以外の将軍御用をこなすのは、我らだという矜持をお清の中臈は持っている。それを家斉が無視した。

「躬の命をきけぬと」

家斉が厳しい顔をした。

「いえ。さようではございませぬ。ただ……」

「黙れ」

まだ抗弁しようとしたお清の中臈を、家斉が怒鳴った。

「気に染まぬと言われたいか」

「いいえ」

お清の中臈が慌てた。

「出て行け。次はないぞ」

「た、ただちに」

手を振られたお清の中臈たちが立ちあがって小座敷を後にしようとした。

東雲も続こうとした。

「東雲、そなたは近う参れ」

次の間から出ようとしていた東雲を家斉が招いた。退出しようとしていたお清の中臈たちの足が止まった。

「急がぬか」

きつい口調で急かされ、お清の中臈たちは小走りに出て行った。

「……………」

東雲が内証の方を見た。

「お呼びである」

内証の方が許した。

「ご無礼いたしまする」

上の間の襖際で東雲が平伏した。

「局に虫がおるようじゃ。綾が嚙まれてはいかぬ。片付けておけ」

「虫が……承知いたしましてございまする」

言われた東雲が平伏した。

「では、下がれ。内証と二人にいたせ」

「はっ」

家斉の言葉を受けて、東雲も小座敷を出た。

「八重」

小座敷を出た東雲が八重を呼んだ。

「これに」

「異常はないか」

「今のところは、なにも」

八重が首を振った。八重は東雲から言われて、内証の方へ出される料理へ毒が盛られないかどうかを見張っていた。

将軍家が大奥で食べるものは、御広敷にある台所で用意された。そののち下のご錠口をつうじて、大奥へ持ちこまれ、小座敷の隣、控えの間で温め直された。

二人の食事だが、三人前作られた。一つは毒味用である。小座敷近くの控えの間にいる女中が、一人前を食して毒味をした。すべての食材を食べて、異常がないと見極めが付いたのち、温め直されて将軍と内証の方へ饗される。

そのすべては小座敷に付けられた大奥女中によって差配された。とはいえ、これは将軍家斉の食事にかんしてだけであり、内証の方についてはその局から人を出さなければならなかった。

当然ながら、内証の方の局は食材に触れることは許されなかった。ではなにをするかといえば、膳や器などの用意をするのだ。

将軍家の膳部は、御広敷台所から持ちこまれる。対して、内証の方は自弁であった。これも内証の方が奉公人であるとの表れであった。

「そうか」

不意に東雲が顔を寄せてきた。

「今、上様より局に虫がおると言われたわ」

「虫……」

八重が首をかしげた。

「獅子身中の虫ということだ」

「……裏切り者が」

聞いた八重が緊張した。

「裏切ったのか、最初から細作として送りこまれたのか。まあ、珍しいことではない。どこの局でもやっていることだ」

「では、こちらも」

「教えられぬがの」

東雲が首を振った。

「しかし、どこで上様は、そのことをお知りになったか」

「……わたくしでございましょう。二通の手紙を出しましたゆえ」

昼兵衛と林忠勝の関係を八重は報されていた。昼兵衛へ出した手紙の内容が、林忠勝へ届くのは当然であった。

「咎めているわけではない。いや、褒めてつかわす。これで、虫を処理する大義名分ができた。いや、後ろ盾ができた」

頭《こうべ》を垂れた八重へ、東雲が述べた。

「虫を退治するのに、大義名分、後ろ盾でございまするか」

わからないと八重が首をかしげた。

「そうじゃ。虫のなかには、お内証の方さまより立場が上の局から出された者もおるはずじゃ。それらになにかをしようとすると、邪魔が入る。正確には逃げこまれる。そうなれば、もうこちらから手出しはできぬ」

「お内証の方さまより上……御台所さま」

八重が息を呑んだ。

「上様のご指示となれば、誰も邪魔できまい」

「ではございましょうが、大奥は御台所さまの場。上様といえどもお客人でしかないと伺っておりまする。御台所さまならば拒めるのではございませぬか」

大奥へあがるとき御台所こそ主だと、八重は聞かされていた。

「そうではある。だが、上様がご存じとなれば、話は変わる。虫の名前を上様へお報せすることで、御広敷を動かせる。大奥を所管している御広敷は、表の役所。大奥女中の出入りから、その給金の支払い、ものの納入など、すべて御広敷を通さねばならぬ。その御広敷が、その虫と敵対するのだ。御台所さまのお局といえども、かばいつづけるには限界がある」

東雲が説明した。

大奥の出入りに制限をかける。これは軍勢が補給を止められるに等しい。即座に効果が出るわけではないが、やがて身動きはとれなくなる。

「それでは、かばうより……」

「見捨てるであろうな」

淡々と東雲が言った。

「今までお方さまのもとでお世話になりながら、その裏でよそと繫がる。女としてもっとも忌むべき、不義密通と同じ。わかっていたが、今まで手出しできなかった。それが上様よりお許しいただけた。さて、どうしてくれようかの」

東雲の目が冷たく光った。

「まずは、上様よりお話があったことを公にせねばの。敵の局の援助を断つ。そうなったときの裏切り者の顔が見物《みもの》じゃ」

酷薄な笑いを東雲が浮かべた。

「……………」

その迫力に八重が息を呑んだ。

「東雲さま、このことは他に誰が」

「お方さまだけじゃ。上様が他人払いを命じられた」

「それでは、上様がお許しになられたとの証拠はございませぬ」

「……むうう」

興奮していた東雲がうなった。

「噂として広めるか」

東雲が呟いた。

「噂でございまするか」

「そうじゃ、上様が他人払いをされて、お方さまと妾だけ残された。前例のないことだ。普段は絶対に小座敷の者が同席するからな。となれば、他人に聞かせられぬ話をしたと小座敷の者は思っているはず。そこへ妾がうかつに口を滑らせた体で、話をしてやれば……。とくに小座敷には上様御用をたまわる女坊主がおる。喜んで噂を売り歩いてくれるだろう」

「大奥中に話は拡がりまするか」

八重は理解した。

「そうすれば、疑心暗鬼になった裏切り者どもが、勝手に動き出すであろう。そこを……」

首を摑むような仕草を東雲が見せた。

「こちらをお願いできまするか」

「どうした」

東雲が八重の求めに説明を欲した。

「綾姫さまのもとへ参ろうかと。小座敷から他人払いをし、お内証の方さまと東雲さまだけを残されました。これを異変ととった者がおるやも知れませぬ」

「ばれたと読んだ者がいるか」

すぐに東雲が理解した。

「逃げ出す前の行きがけの駄賃となっては……」

「わかった。急げ」

焦る八重に、東雲も表情を変えた。

内証の方が、家斉と夕餉を楽しんでいる。その場に呼ばれ、雑用を命じられるのは、目見え以上でなければならない。なにより、内証の方と家斉の信頼を得ている者でなければならないのだ。東雲が小座敷を離れるわけにはいかなかった。

八重は局へと足を急がせた。

二

大奥では走ることが禁じられている。女ばかりの大奥であるが、走ることで裾が乱れるのを下品として咎め立てる。そして、使用人のやったことの罪は局の主へと向かう。八重は逸《はや》る気持ちを抑えて、走るのを我慢した。

「初さま」

局へ戻るなり、八重は顔見知りの女中を呼んだ。

「なにごとぞ。そなた東雲さまに付いていったはずであろう」

早すぎる帰還に、初が怪訝な顔をした。

「わたくしより前に、どなたか局を訪ねられませなんだか」

質問を無視して、八重が問うた。

「そなたよりか。そういえば、少しばかり前に、誰か来ていたの」

　初が述べた。

「誰に会いました」

　八重が血相を変えた。

「そこまで見ていない……」

　お次の答えを最後まで八重は聞かなかった。

「なにをする」

　止める女中たちを振り切って、上の間の襖を開けた。

「なにをしておられるか」

　なかで寝ている綾姫の上に女中が屈みこんでいた。

「あっ」

　振り向いたのは呉服の間の女中であった。

　呉服の間とは、三之間の一つ上で、ここから目通りができた。その呼び名のとおり、局の主の衣装をあつらえたり、修繕したりする。

「綾姫さまになにをする」

呉服の間の女中の返答を待たず、八重は駆け寄った。騒動に綾姫が泣き始めた。

「…………」

無言で呉服の間の女中が逃げ出した。

「そやつを逃がさぬように」

八重が叫んだが、誰も動かなかった。来たばかりの女中と長年勤めていた者では、信用が違う。

「きさま、綾姫さまへ無礼を働くか」

一瞬呆然とした女中たちが八重を取り押さえた。

「逃がした……」

八重は抵抗しなかった。ここで言いわけをしても聞く耳を持っていないとわかったからである。

「初さま」

押さえこまれながら、八重が声を出した。

「綾姫さまのお身体に異常はございませぬか」

「お身体に……豊《とよ》はどこへ行った」

初が逃げた呉服の間を探した。

「おらぬ。まさか」

ようやく初が悟った。

「綾姫さま」

初が近づいた。

「喉に糸が巻かれている」

「な、なんだと」

八重を取り押さえていた女中たちが顔色を変えた。

「では……」

「東雲さまがお戻りになるまで、誰も動かれませぬよう」

まだ両手を取られている八重が告げた。

家斉との夕餉にはときがかかる。内証の方と東雲が戻ってきたのは、騒動から一刻（約二時間）ほど経《た》ってからであった。

「綾姫さま」

「馬鹿が」

子細を聞いた内証の方は、綾姫にすがって泣き、東雲は女中たちをののしった。

「綾姫さまがご無事であったゆえまだよいが、万一があれば、そなたたち全員ただではすまぬところであったのだぞ。もちろん、実家にも累は及ぶ」

「豊が、お方さまの命で綾姫さまに新しいお衣装を作ることになったので、採寸をいたしたいと……」

女中たちのなかで最高位であった中臈が申しわけをした。

「針と鋏が、呉服の間預かりでなければどうなっていたと思うのだ。なぜ、誰も付いていなかった」

東雲が叱りつけた。

大奥は針と鋏の管理が厳しかった。万一のことを考えて、針と鋏はすべて縫いものをおこなう呉服の間に保管され、一本たりとても紛失は許されなかった。勘定が合わなければ、大奥呉服の間に入った女中すべてを素裸にして調べるほど徹底していた。台所での包丁は認められているのに比べて、みょうなことだが長年の慣例であった。

「八重、よくやった」

「いえ。逃がしてしまいました」

褒められた八重が首を振った。

「大事ない。あの者ならば、名前も親元も知れている。いまさらどこへ行くこともできまい」

「ならよろしゅうございましょうが」

八重は煮え切らない応えをした。

「皆、よく聞け」

それに気づかず、東雲が一同へと顔を向けた。

「今宵、上様より、我が局に入りこんでおる他の局の手の者を捕まえてよいとのお許しが出た」

「えっ……」

「上様から」

女中たちが驚愕した。

「お方さまへ忠誠を誓っておる者にはなんの影響もないが、本性を偽っている者には容赦せぬ」

氷のような冷たい声で東雲が宣した。

「ここにおる者に、そのようなことはないと信じておるぞ」

「もちろんでございまする」

「お疑いとは心外な」

「我らお方さまに忠誠を捧《ささ》げておりまする」

東雲の言葉に、女中たちが口々に述べた。

「八重」

「はい」

一人沈黙していた八重を、東雲が呼んだ。

「そなた、上の間に付け」

「それは身分が……」

中臈が止めようとした。

「出自も怪しい新参者にお方さま側を任せるなどよろしくないかと存じまする。ここは長く仕えている者にご命じくださいますよう」

三之間最古参の女中が進言した。

「なにもできなかったうえに、細作を捕らえる邪魔となったというに、功労者の抜擢へ苦情を言い立てる気か」

東雲が中臈を睨みつけた。

「ひっ」

中臈が身をすくめた。

「役立たずは不要ぞ」

「…………」

ものを見るような目を向けられた中臈が沈黙した。

「八重」

「承りましてございまする」

すばやく八重は動いた。

「失礼いたしまする」

上の間の襖を開けた八重は、部屋の片隅で控えた。

「そなたが綾を守ってくれたのか」

泣き止んだ綾姫を撫《な》でながら、内証の方が小声で問うた。

「綾姫さまにお怖い思いをおさせいたしまして、申しわけございませぬ」

八重は詫びた。

「いや、かたじけなく思っておるぞ」

内証の方が頭を下げた。

「畏れ多いことを」

恐縮して八重が平伏した。

「東雲をこれへと」

「ただちに」

言われて八重は上の間の襖を開けた。

「東雲さま。お方さまがお呼びでございまする」

「うむ。そなたたち、豊の残していったものを探れ。なにか手がかりになるものが出てくるやも知れぬ。ただし、一人ではするな。かならず、二人で組め。そのとき、怪しいまねをした者があれば、妾に報せよ。状況が状況である。ていねいな調べはせぬ。疑いだけで罰するつもりであることを覚悟いたせ」

八重にうなずいた後、東雲が残った女中たちに言い聞かせた。

「承知いたしました」

初が代表して受けた。

上の間へ入った東雲を内証の方が難しい顔で迎えた。

「いかがなされました」

東雲が訊いた。

「もう裏切る者は出ぬか」

「…………」

か細い声で問う内証の方へ、東雲は答えなかった。

「まだおるのか」

内証の方が、頰をゆがめた。

「情けなき仕儀ながら」

東雲がうつむいた。

「今まですべてもそうなのだな。外からではなく、内に敵が忍んでいた」

内証の方が竹千代たち夭折した吾が子のことを言った。

「確証はございませぬが、おそらく」

辛そうな表情で、東雲が首肯した。

「……そうか。妾に主たるだけの器量があれば、このようなことにならずともすんだであろうな」

肩の力を内証の方が落とした。

「いいえ。お方さまはかかわりございませぬ。細作を使い、若君さまたちのお命を縮め奉るなどという下劣なまねをした者のせいでございまする」

東雲が内証の方をなぐさめた。

「いいや。妾はたいせつなお血筋さまをお守りできなかった」

力なく内証の方が首を振った。

「お方さま……」

かける言葉を東雲が失った。

「淑姫さまは大事ないであろうか」

内証の方が心配した。

淑姫とは、家斉と内証の方の間の最初の子供である。寛政元年（一七八九）生まれ、翌年尾張大納言宗睦の嫡男五郎太と婚約するが、寛政六年五郎太の死去に伴い破約した。その後寛政八年、一橋家の嫡男のもとへ嫁入りすることが決まっていた。すでにお紐解《ひもと》きの儀もすませ、母である内証の方の膝を離れ、自身の局を持ち、独立していた。

「それは……」

東雲が愕然《がくぜん》とした。

「今まで淑姫さまには、なにもなかったと聞いておりまするが、問い合わせてみまする」

「頼む。もし、要りようならば……」

内証の方が八重を見た。

「そなた淑姫さまを助けにいってやってくれ」

「……それは」

「これっ」

返答に窮した八重を、東雲が咎めた。

「なにがあるのじゃ」

二人の様子に内証の方が首をかしげた。

「なにもございませぬ」

　慌てて東雲が否定した。

「東雲、気遣ってくれるのはうれしいが、隠しごとをされるのは、もう嫌じゃ。すべての事情を教えてもらいたい」

　内証の方が東雲を制した。

「ご無礼を申しました」

　東雲が引いた。

「八重と申したの。言いたいことがあれば話しやれ」

「お言葉に甘えさせていただきまする。わたくし三カ月だけのご奉公でございまする」

「期限があると」

　聞いた内証の方が驚いた。

「大奥は終生ご奉公と伺っておりまするが、わたくしは事情により、そのお約束でございまする」

「東雲」

「存じておりまする。お報せ申さず、ご無礼をいたしました」

一礼して東雲が続けた。

「この者は、小姓組頭林出羽守どのの遠縁に連なる者でございまする。出羽守どののご指示をもちまして、お内証の方さまに仇《あだ》なす者を探り当てるようにと大奥へあがりましたもの」

「林出羽守……では、上様の」

「……………」

無言で東雲が肯定した。

「ありがたいお心遣い。満、心より御礼申しあげまする」

小座敷のほうへ身体を向けて、内証の方が手を合わせた。

「無理を言うが、なんとか淑姫さまが輿入《こしい》れするまで大奥にいてくれぬか」

内証の方が八重へ頼んだ。

「お輿入れはお決まりでございまするか」

「うむ」

答えたのは東雲であった。

「まだ内意の状態ではあるが、次の夏にはお輿入れと決まっておる」

「夏でございますか」

まだ新春を迎えていない。もし、言葉どおりとしても最短で五カ月はかかる。八重は即応しなかった。

「こちらが手薄になりませぬか」

八重は話を少し変えた。

「十日あれば、信用のできる者で固められよう」

東雲が告げた。

「十日で足りましょうか」

懸念を八重は表した。

「いけるであろう。今も裏切り者は、震えておろうからの。それほど長くは我慢できまい。それに上様のお許しが出たという噂はすでに広まっておろう。細作を出した局がじっとしてはおられまい。どこが出したとわかれば、上様のご機嫌を損じることは確実なのだ。早急になんらかの形で、引きあげさせるであろう」

「引きあげとはどのような形で」

「お目見え以上ならば、病休養を言い立てて大奥を出る」

終生奉公ではあるが、病人を縛り付けるほど悪辣《あくらつ》なものではない。病を得て、奥医師が要りようだと判断すれば、転地療養が許された。といったところで、温泉地などに行くわけではなく、御用屋敷の一つに移るだけであったが、大奥を出られるのはたしかであった。

「出たところで戻らねばならぬのではございませぬか」

重ねて八重が問うた。

「戻ってこぬわ。そのまま逃げ出すだけよ」

東雲が淡々と言った。

「そのようなことが許されまするか。親元へも罪が及びましょう」

八重が驚いた。

「親元があればの」

「……………」

思わず八重が黙った。

「内証の方さまに刃向かうとわかっているのだ。親元にまで手が及ばぬよう、最初から手をうっておるはずじゃ。すでに絶家となった者を親代わりにしたり、金で名義を貸す者を使ったりな」

知ってか知らずか、東雲が語った。

「………」

八重は答えに窮した。己も親元を偽っているからであった。

「まあ、見ていればいい。もっとも逃げ出すならばと、開き直る者がおらぬとは言えぬゆえ、しっかりと見張らねばならぬがな」

東雲が告げた。

三

川勝屋は日本橋の魚河岸と辻一つ挟んだ東にあった。

「かなり大きな店でございますなあ」

少し離れたところから、昼兵衛が川勝屋を見ていた。

「うむ。奉公人も多いようだ」

新左衛門が同意した。

「睨んでいるだけでは、らちがあきません」

昼兵衛が歩き出した。

「よいのか」

いきなり乗りこむという昼兵衛に、新左衛門が確認した。

「なに、商品が傷んでいたと苦情を言いに行くだけでございますよ。そのていどのこと、商売をしていれば、いくらでもあること。相手もとくに気にはいたしますまい」

「気にせずにすますつもりなどないであろう」

新左衛門が苦笑した。

「己を囮《おとり》にするのは、遠慮してもらいたい。一人二人ならば、なんとしてでも防いでみせるが、数が多くなればどこかで無理になりますぞ」

自重してくれと新左衛門は忠告した。

「ときがあれば、そうしますがね。のんびりしていると八重さまに危難が及びかねませぬ」

「……八重どのに」

新左衛門の声が変わった。

「お気づきではなかったのでございますか。お内証の方さまの局で常ならぬ動きがあれば、その根本を探ろうとするのは当然でございましょう。それが味方であっても、敵であっても」

「それはそのとおりではあるが」

「で、調べてみればすぐにわかりましょう。お内証の方さまの局で変わったことといえば、八重さまの加入だけ。味方は頼もしく思いましょうが、敵は目の上のこぶと考えましょう。こぶがじゃまなら……」

「除《の》けようとするか」

最後まで言わなかった昼兵衛の後を新左衛門が口にした。

「少しでも早く、八重さまを大奥からお出しせねばなりますまい」

「それはわかるが、そのために山城屋どのが危難を受けられるのもどうかと」

新左衛門は述べた。

「女のために命を張るのが妾屋でございますよ。己が斡旋した女を守るのは、妾屋の仕事。累が及ぶと腰が引けるようでは、妾屋の暖簾を下ろさなければなりません。女がらみで殺されたとなれば、江戸中の妾屋が褒めてくれまする」

強い口調で昼兵衛は宣した。

「わかった。拙者も命をかけよう。用心棒としての責務を果たす」

大きく新左衛門も首肯した。

「ふふふ、八重さまのためでございますからな」

「…………」

新左衛門が赤面した。

「和津《わつ》さん」

からかいを終えて、昼兵衛が振り向いた。

「おう」

二人の後ろで黙っていた飛脚屋の和津が応えた。

「おそらくこの場ではなにもなく、わたくしを帰すでしょう。送り狼《おおかみ》なら、大月さまがどうにかしてくださいます。でなく、どこかへ報せを出すようでございましたら……」

「わかっておりやす。しっかり後を付けますので、ご心配なく。この江戸で、あっしをまけるやつなんぞ、いやしやせん」

自信ありげに和津が胸を叩いた。

「頼んだよ」

「へい」

すっと音もなく和津が離れていった。

「では、参りましょう」

「承知」

昼兵衛の誘いに、新左衛門が応じた。

川勝屋は諸国食べもの商いを看板にしている。もとが鮎《あゆ》などの川魚を扱っていた魚屋だったこともあり、店先には海産物が多く並べられていた。

「ごめんなさいよ」

風通しを良くするため、短く作られている暖簾を片手でさばいて、昼兵衛は川勝屋へ足を踏み入れた。

「おいでなさいませ」

すぐに若い手代《てだい》らしい男が近づいてきた。

「本日はなにをお求めでございましょう。さきほど河岸からあがったばかりの海老はいかがで。まだ生きておりますよ」

若い手代が勧めた。

「海老は好物だけどね。あいにく今日は買いものに来たのではないのでね」

「お買いものではない。では、ご用件は」

首を振る昼兵衛へ、手代が少しだけ雰囲気を変えた。

「他人さまに聞かせていい話じゃないから、少しこちらへ寄ってもらいたいな」

大声で苦情を言い立て、金にしようという脅しではないことを、昼兵衛は示した。

「……なんでございましょう」

手代が警戒した。

「じつはね、昨日こちらで買わせていただいた豆腐がね、傷んでいたんだよ」

小声で昼兵衛が告げた。

「そのようなことはございません。当店は品物を吟味いたしておりまする」

声を張りあげはしなかったが、厳しい顔で手代が否定した。

「そちらさんが、どういう吟味をしておられるかまでは知らないけどね。こちらも事実を言っている。商いをする身なら、客を疑う前に、己を顧みなければいけないよ」

昼兵衛が手代を諫めた。

「しかし、当店の商品にかぎりましては、そのような」

「どうやら、あなたでは話にならないみたいだね。べつに金をよこせなどと言うつもりはないよ。豆腐三丁だからね。返金してもらったところで、一朱にもならない。そんな無駄をするほどわたしも暇じゃない。主さんを呼んでもらおう」

主宗右衛門との面談を昼兵衛は求めた。

「あいにく主宗右衛門は他行《たぎょう》いたしておりまして」

手代が拒んだ。

「そうですか。ではいたしかたありませんね」

昼兵衛は背中を向けた。

「残念ながら、川勝屋さんの疑念は晴らせなかったと、大奥へお報せするしかございませんな」

言い残して昼兵衛は手代から離れた。

「ちょ、ちょっとお待ちを」

慌てて手代が昼兵衛の前へ回りこんだ。

「なんだい。用件はすんだんだ。急いでいるのでね。大奥へお話をしないと、今宵もあなたのお店の品をお方さまがお口になさるかも知れませんん。お止めしないと」

昼兵衛は手代を避けて、前へ進もうとした。

「少し、少しだけお待ちを。今主が戻っているかどうか、確認いたして参りますので」

「お帰りになったお姿を見てはいないよ」

足止めする手代へ嫌みを昼兵衛は返した。

「勇吉《いさきち》、旦那のつごうを訊いてきておくれ。お大事のお客さまだと言ってね」

手代が、丁稚《でっち》に命じた。

「奥へご案内をとのことでございまする」

走って戻ってきた勇吉が、報告した。

「そうかい。ご苦労だったね。では、お客さま、主がお目にかかりまする。どうぞ、こちらへ」

丁稚をねぎらった後、手代が昼兵衛を誘《いざな》うように、先に立った。

「今度はこちらから待ったをかけさせてもらうよ。手間どりそうだからね。連れに声をかけておくから」

「……お連れさま」

手代が首をかしげた。

「外で待ってもらっているのでね。ちょっと失礼しますよ」

昼兵衛が暖簾から首だけ出した。

「大月さま、奥でお話をとなりましたので、しばらくお待ちいただけますか」

「了解した。ここのよく見えるところで待っているとしよう。かならず、帰りもここから出てくれるようにな」

新左衛門が念を押した。

「わかっておりますよ。ねえ、手代さん」

笑いながら昼兵衛は同意した。

「は、はあ」

なんともいえない表情で、手代が小さくうなずいた。

出入り口を見張り、そこからの出入りを強制する。これは、あとで別の出口からすでにお帰りにとの言いわけをさせないためであった。他人目のない店内の奥へ連れこまれてしまえば、監禁されても、殺されてもわからない。信用できない相手の懐へ飛びこまなければならないときには、必須の対抗策であった。

「では、案内をお願いいたしましょう」

昼兵衛が手代を促した。

川勝屋は、間口五間（約九メートル）の大店《おおだな》である。店の構えもかなりだったが、奥も相当に広かった。

手代の案内で、昼兵衛は廊下を奥へと進んだ。

「旦那さま。お客さまをお連れいたしました」

庭に面した奥の間の前で手代が膝をついた。

「お入りいただきなさい」

なかから川勝屋宗右衛門の声がした。

「どうぞ」

手代が襖を開けた。

「おじゃまをいたしまする」

昼兵衛は遠慮なく、なかへ入った。

「お茶をね」

「はい」

川勝屋宗右衛門に言われて、手代が下がっていった。

「初めてお目にかかりまする。川勝屋宗右衛門でございまする」

ていねいに川勝屋宗右衛門が名乗った。

「これは遅れました。不意の来訪をまずお詫びしまする。浅草で人入れ稼業を営んでおりまする山城屋昼兵衛でございます」

「山城屋さんといえば……」

聞いた川勝屋宗右衛門が、昼兵衛をじっと見た。

「はい。妾屋でございまする」

昼兵衛は認めた。

「その妾屋さんが、なにやらうちの商品にけちをおつけになって、大奥のお名前まで出して、脅したとはどういうことだね。次第によっては、ちと面倒なことになるよ」

　川勝屋宗右衛門の態度が横柄に変わった。

「大奥の名前を妾屋が出すことになんの問題が」

　大きく昼兵衛が首をかしげた。

「当たり前だろう。将軍さまの大奥だよ。それを妾屋風情《ふぜい》が……」

　鼻先で川勝屋宗右衛門が笑った。

「大奥こそ妾屋と縁が深い。当たり前だと思いますがね」

「……まさか」

「では、お話もできそうにないので、わたくしはこれで」

　昼兵衛は座ることもなく、辞去を告げた。

「ああ、なにがあったかはご存じでございましょう。わたくしが来たのもこれでどなたさまの差し金かはおわかりになったはず。あなたが指示したのならば、報いをうけることになりましょうなあ。指示したのではなく、仲介だけでも、無事ですむはずはございません」

「………」

　川勝屋宗右衛門が黙った。

「もうお会いすることもありますまい」

　昼兵衛は決別を告げた。

「このまま帰れるとでも」

　低い声で川勝屋宗右衛門が言った。

「外で一人待っていますからね。わたくしが出てこなければ、とあるお方さまのもとへ駆けこむことになっておりますよ。大奥へ女中を入れるようにと、わたくしにお命じなさったお方のもとへ」

「本当か」

　川勝屋宗右衛門が、廊下に控えていた手代を見た。

「はい」

　まちがいないと手代が認めた。

「くっ」

　苦虫を嚙み潰したような顔を川勝屋宗右衛門がした。大奥へ女中を入れる。その差配ができる者と敵対するだけの度胸を持つ者はそういなかった。

「大奥お出入り、看板は下ろしておいたほうがよろしゅうございますよ。いや、首をあらったほうがよいかも知れません」

言い捨てて昼兵衛は、川勝屋宗右衛門の前から去った。

「どこへ行くのか、後を付けなさい。言わなくてもいいとは思うが、おまえは顔を知られている。誰か他の心きいた者をね」

憤怒《ふんぬ》に顔をゆがめながら、川勝屋宗右衛門が手代に命じた。

「はい」

「わたしはちょっと出てくる」

「いってらっしゃいませ」

見送られて、川勝屋宗右衛門が店を出た。

四

「あれが、川勝屋か」

さりげなく見張っていた和津は見逃さなかった。

「さきほど出て行った若いのは、山城屋さんの後を付けていったが、あちらは放っておいても大事ないな。大月さまが付いておられる」

十間（約十八メートル）ほど空けて、和津が川勝屋宗右衛門の後に付いた。

「どこへ行きやがる。そっちは大名小路だぞ」

和津が独りごちた。大名小路とは、その名のとおり大名屋敷が建ち並んでいる江戸城近辺のことだ。町屋はほとんどなく、町人の通行は御用商人くらいであった。

川勝屋宗右衛門は、大名小路をすぎ、やがて市ヶ谷御門前へといたった。

「あれは……」

距離を保ったまま、遠目で川勝屋宗右衛門を見ていた和津が絶句した。

江戸の武家屋敷は、表札や名乗りをあげていない。用のある者は、あらかじめ調べておいてから出向く。ただし飛脚屋は手紙やものを届けるという仕事のつごうじょう、名の知れた武家屋敷の位置や名前を覚えていなければならなかった。

「市ヶ谷御門外で、この大きさといえば、尾張さましかない」

和津が呟いた。

尾張さまとは、徳川御三家の一つである。神君といわれた初代将軍家康の九男義《よし》直《なお》を祖とし、徳川連枝最高の六十一万九千五百石の大領を誇っていた。

その上屋敷《かみやしき》へ、川勝屋宗右衛門が入った。

「御用達を務めているなら、おかしくはないが」

独りごちながら、和津は川勝屋宗右衛門が出てくるのを待った。

川勝屋宗右衛門は、尾張藩上屋敷の玄関脇小部屋で、用人田中与市《たなかよいち》と会っていた。

「そのていどのことで、いちいち来るな」

田中が川勝屋宗右衛門の用件にいらだった。

「ですが、大奥へ話を持ちこまれては、わたくしどもの店が……」

手をついて川勝屋宗右衛門が田中を見上げた。

「証拠などないのであろう」

「納めた豆腐がございまする」

「三日も経てば腐ろうが。腐った豆腐がおかしいのは当たり前のこと。腐ってくれたおかげで言いわけできるであろう。三日前はまともであったと」

田中があきれたようすで言った。

「しかし、三日前に御広敷のお役人さまがご覧になっておられまする」

大奥へ入る商品は、御広敷の検閲を受けるのが決まりである。

「御広敷の段階で引っかかるように小細工したのだ。予定どおりではないか」

いらだちを田中は露わにした。

「毒を盛ったわけではあるまい。傷んでいると一目《ひとめ》でわかるようにしただけではないか。たとえ口にしたところで、腹も壊さぬのだろう」

「たしかに酢と墨を混ぜたもののなかに浸しておいただけでございますが……」

「なら問題あるまい。いまさらではあるが、手違いで商品が傷んでおりましたと、代替え商品と詫びの品を出せばそれで収まる」

「食品はそうは参りませぬ。誰も腐った商品を売るような店から、ものをもらっても喜びませせぬ」

田中の言葉に川勝屋宗右衛門が抗議をした。

「そこをどうにかするのが商人であろう。脅されたていどで」

「相手が大奥と繋がりがありまして」

「誰だというのだ」

「ご存じでございましょうか。浅草の山城屋でございまする」

「なにっ」

　初めて田中が驚いた。

「妾屋のか」

「はい」

「まずいな。さっさと出て行け。しばらく屋敷への出入りは遠慮せい」

　追い出すように田中が命じた。

「どういうことで」

　急変に川勝屋宗右衛門が戸惑った。

「山城屋はな、殿のお気に入り佐世の方さまの親元じゃ」

「げっ」

　川勝屋宗右衛門が腰を抜かした。妾屋をさして親元というのは、表向きの表現であり、実際は斡旋したという意味でしかない。だが、寵姫を探し出してきたには違いないことから、藩主の覚えはめでたく、女が子でも産めば藩士格を与えられることもあった。

「さ、佐世さまは……賢士郎《けんしろう》さまの」

「ご生母さまじゃ」

田中が苦い顔をした。

「馬鹿な……なぜ、それならばお内証の方さまのお味方などを」

「かかわりないからの。妾屋は、女のためには動くが、その子のためにはなにもせぬ。ゆえに我らも手を伸ばさなかった。いや、頭の隅にも浮かばなかったというのが正解だな」

「…………」

説明された川勝屋宗右衛門が沈黙した。

「今から引きこめば……」

「大奥に女を斡旋したと申したのであろう。妾屋はなにがあっても女を裏切らぬ。声をかけるのはかえってやぶ蛇になりかねぬわ」

「ではどうしろと」

「だから申したであろう。大奥へ詫びを入れて、大人しくしておれ」

いらだった田中が叱りつけた。

「それでは、わたくしの店に悪評が……」

「しばらくのことではないか。人の噂は七十五日と下世話にいう。すぐに皆忘れる」

「そんな」

泣きそうな顔を川勝屋宗右衛門がした。

「うまく賢士郎さまが、尾張藩の世継ぎと認められたときは、約束どおり、当家の商うものすべてをそなたに任せてやる。今は辛抱いたせ。大切なときなのだ」

急に口調をやわらげて田中がなだめた。

「……わかりましてございまする」

川勝屋宗右衛門が納得した。

「早速明日にでもお詫びに行って参りまする」

「そうせい」

田中が同意した。

「ごめんくださいませ」

ようやく落ち着いた川勝屋宗右衛門が深く一礼して帰っていった。

「佐藤」

「はっ」

隣の部屋との敷居が開いて、若い侍が顔を出した。

「時期を見て、川勝屋をな」

「承知いたしました」

佐藤がうなずいた。

「山城屋はいかがいたしましょう。片付けましょうか」

「ふむ」

少し田中が思案した。

「今後のこともある。次の尾張藩主さまの親元が妾屋では困るしの」

田中が佐藤をちらと見た。

「殿のお気に入りとはいえ、お目通りすることなどない。いつのまにか消えていても問題はないな」

淡々と田中が言った。

「では……」

佐藤が腰を浮かせた。

「慌てるな。今のところ、山城屋は尾張藩に気づいておらぬ。無理をしてばれては元も子もない」

「たかが妾屋にそこまで」

田中の話に佐藤が疑問を浮かべた。

「妾屋というのは、みょうなところに繫がりを持っておる。殿がそうだ。山城屋が望めば殿はお目通りを許されよう。まあ、そのようなまね、我らが許さぬがの。大名との繫がりだけではない。江戸で名の知れた商人で、妾屋の世話になっていない者などまずおらぬ。己の好みの女を世話してくれるだけでなく、万一の対応もしてくれる。金目当ての美人局《つつもたせ》などに引っかかることもない。それに妾屋は顧客の信用を保証するようなものだ。紹介した女に給金も出さない、虐待するなど、変なことがあっては、女が頼ってこなくなる。女のいない妾屋など、米のない湯漬け以下だ。そうならないように旦那のことを調べ尽くしている。妾屋の出入りしている店には金を貸しても大丈夫といわれるほどらしい。商人にとってありがたい相手であり、敵に回すと面倒なのだ。うかつな手出しはかえって、良くない」

「ううむう」

佐藤がうなった。

「別にやるなとは申しておらぬ。目立たぬようにすればよい。当家の名前さえ出なければ、なんの問題もない」

「それでは……」

勇んで佐藤が身を乗り出した。

「わかっていると思うが、藩にとって表沙汰にできぬ仕事である。成功してもすぐには報いてやれぬ。賢士郎さまが世継ぎとなられたとき、はじめて功が認められる。ゆえに今はなにも約束してやれぬ」

「わかっておりまする。わたくしや他の者どもは、褒賞が欲しくて田中さまに与《くみ》しているのではございませぬ。尾張正統の血筋を乗っ取られることに我慢がならぬのでございまする。尾張には、宗睦さまのお子賢士郎さまがおられるというに、無理矢理一橋の血筋を押しつけようなど言語道断。吉宗づれの血を引く者を殿と仰ぐくらいならば、我らは潔く退身するつもり」

佐藤が強い語調で述べた。

「天晴《あっぱ》れ。それこそ、尾張の家中よ。吾も同じ思いである」

強く田中も賛同した。

「ゆえに厳しいことも言わねばならぬ。もし、川勝屋と妾屋の始末に齟齬《そご》が生じた場合、賢士郎さまをお守りするため、そなたたちを見捨てるやも知れぬ」

苦渋に満ちた顔で田中が言った。

「ご懸念なく。そのような事態になりましたとき、藩の名前を出すようなまねはいたしませぬ。我ら同志一同、名もなきものとして、路傍に骸《むくろ》を晒すとも後悔はいたしませぬ」

「真の忠節を見た気がする。頼んだぞ」

「お任せを」

大きく首を縦に振って佐藤が出て行った。

「……馬鹿が」

姿が消えるのを待って、田中が小さく呟いた。

そう長く待つことなく、和津は川勝屋宗右衛門が屋敷から出てくるのを確認した。

「随分、暗いな」

和津は川勝屋宗右衛門の雰囲気の変化にすぐ気づいた。

「思いどおりにはいかなかったということか」

周りを見る余裕さえなくして、うつむき加減に歩く川勝屋宗右衛門を見送ってから、和津はその後ろへ付いた。

人の後を付けるには、一定以上の距離を空けなければならない。近いと見逃さない代わりに、振り返られたときの対応ができなくなる。かといって遠すぎると、人《ひと》混《ご》みに紛れて、見失いかねない。

和津は見失わず、付けていることがばれない絶妙の間合いを心得ていた。かなり距離を取っていることで、和津は川勝屋宗右衛門を見失わないように集中していて、己への気配りが欠けた。

「おい、佐藤氏《うじ》」

「ああ。あの瘦《や》せた男であろう。川勝屋の後を付けているようだな」

佐藤がうなずいた。

「どう見ても町人であるな」

「だの。後ろに誰かいるのではないか。それを確かめねばなるまい」

二人の侍が顔を見合わせた。

川勝屋宗右衛門は、そのまま大人しく店へ戻った。

「尾張さまが目的だったということだ」

和津は、川勝屋宗右衛門を見送った後、その足で浅草へと向かった。

飛脚屋吉野屋でも有数の脚力を誇る和津だが、町中で走るという目立つまねはしなかった。ほんの少し他人より速いていどで進んだ。

「山城屋さんは戻っていなさるかい」

暖簾の外から声をかけながら、和津が山城屋の暖簾をくぐった。

「妾屋の手の者だったか」

辻一つ離れたところで、佐藤が足を止めた。

「妾屋……」

同僚が首をかしげた。

「その名のとおり、妾を斡旋する商売よ」

軽蔑《けいべつ》の眼差しを同僚が山城屋へ向けた。

「違いないが、藩内で口にするなよ。賢士郎君《ぎみ》のご母堂佐世さまは、この山城屋の世話で殿のお側へあがったのだからな」

「わかった」

佐藤のたしなめに、同僚が首肯した。

「しかし、まずいな」

「どうした」

頬をゆがめた佐藤へ、同僚が尋ねた。

「山城屋がかかわっているらしいとは聞いていたが、もう川勝屋に目を付けていたとはな」

佐藤が田中から聞かされた事情を語った。

「まずいではないか。大奥へ事情が知れれば、どのような咎めが藩に来るかわからぬぞ。そうでなくとも尾張は狙われている。現将軍家との血の繋がりを持たぬ御三家なのだ」

「女衒《ぜげん》か」

「大きな声を出すな、由利《ゆり》。我らの任は人知れずでなければならぬ」

「すまぬ。気を付ける」

注意を受けた由利が詫びた。

「やるか。あのていどの大きさなら店のなかには、主と番頭、手代、そしてさきほどの男くらいだろう。増えてもあと一人ほどではないか。町人など何人いようとも、尾張柳生《やぎゅう》免許の我ら二人がいれば、仕留めるなど瞬《まばた》きをする間で終わろう」

由利が太刀の柄《つか》を叩いた。

「……ふむ。後顧の憂いを断つに躊躇《ちゅうちょ》は要らぬの。幸い、山城屋の暖簾は、外からなかが見えぬほど長い」

「妾屋という商売柄もあってか、人の出入りも見ている範囲ではないな」

二人が周囲へ気を配った。

「やるか」

「おう」

佐藤の誘いに由利が応じた。

「暖簾をくぐるまで、太刀は抜くな。どこに他人の目があるかわからぬ」

「承知した」

注意に由利がうなずいた。

もう一度あたりを見回した二人が、すばやく山城屋へ押しこんだ。

「おいでなさ……番頭、二階を」

歓迎の言葉を言いかけた昼兵衛は、勢いよく駆けこんできた武家二人の殺気を感じ取って叫んだ。

「へい」

番頭がためらうことなく二階へと駆けあがった。

「やあぁ」

問答無用で斬りかかってきた由利を、和津が迎え撃った。

「…………」

和津は太刀の下をくぐり、拳《こぶし》を出した。

「こいつっ」

あやうく体《たい》をかわして由利が間合いを空けた。

飛脚は武術が遣えなければ仕事にならなかった。江戸と大坂、京へ手紙だけでなく、金や品物を運ぶこともあるのだ。道中、荷物を狙う無頼に襲われることもままある。そのため飛脚はその仕事のおりに脇差を帯びるのが決まりとなっていた。

「死ね」

帳場のなかにいた昼兵衛へ、佐藤が襲いかかった。

「おりゃあ」

上段から佐藤が斬りおろしてくるのに対し、昼兵衛は屈んだ。

商家の帳場は結界という桟《さん》で囲まれていた。結界は、座った人の顔がちょうど出るくらいの高さの木組みで、壁のように三方を守っている。

「くそっ」

太刀を木組みへ食いこませた佐藤が舌打ちをした。

「このていどのもの。一緒に割ってくれるわ」

食いこんだ太刀を外した佐藤が、大上段へ構えた。

「……この」

昼兵衛は手元にあった硯《すずり》を投げつけた。

「くっ」

硯は避《よ》けられても、拡がった墨を防ぐことはできなかった。着物と顔に墨を付けた佐藤が顔をゆがめた。

「無礼者」

佐藤が怒鳴った。

「いきなり真剣で斬りつけてくるよりはましでございましょう」

次に投げつけるものを探りながら、昼兵衛が言い返した。

「黙れ」

「勝手なことを」

怒る佐藤へ昼兵衛が笑った。

「なにがおかしい」

白刃に迫られていながら、余裕のある昼兵衛へ佐藤が怪訝な表情を浮かべた。

「ときをかけては、いけなかったのでございますよ」

「なにっ」

一瞬意味がわからないといった顔を佐藤がした。

「お気づきではございませんか。こういうことになれていないから、周りが見えなくなる」

昼兵衛が嘲笑した。

「どういうことだ」

佐藤が血相を変えた。

「耳を澄ませてごらんなさい」

「なんだと……」

言われた佐藤の表情が険しくなった。

「強盗、強盗」

「暴れ者が出たあ」

女の悲鳴がしていた。

「あれは」

「いったい……」

佐藤と由利が呆然とした。

「妾でございますよ」

冷たい声で昼兵衛が告げた。

「妾屋の二階には、帰る家をなくした女たちがいるのでございますよ。まともに人扱いされないわたくしでございますがね、無事に店を番頭に譲るまでは死ねません。あの女《こ》たちの逃げ場所であらねばなりませぬから。そのためにはなんでも、当の女でも利用させていただきます」

番頭を二階へあげたのも声の通りがいい女たちに叫ばせるためであった。

「急いでお逃げになりませんと、退路がなくなりますよ。男というのは、助けを求める女には弱いものでございましてね。すぐに人が集まって参りますから」

「……引きあげる」

佐藤が苦渋に満ちた顔で由利へ指示した。

「わかった」

和津と対峙していた由利が同意した。

「逃げられるとでも」

口の端を和津がゆがめた。

「およしなさい。奉行所に入られては面倒ですよ」

昼兵衛が和津を抑えた。

「……へい」

大人しく和津が引いた。

「覚えておれ」

「忘れるかよ、その顔。次に見つけたときが最後だと思いやがれ」

捨《す》て台詞《ぜりふ》をそのまま返した和津を睨みつけて、二人が駆け去った。

「後を付けましょうか」

「要らないよ」

訊く和津に昼兵衛が首を振った。

「あいつらの正体なら知れているからね。尾張さまだろうよ」

「えっ」

和津が驚いた。

「わたしが川勝屋を脅した。で、川勝屋が尾張さまへ泣きついて、その直後に襲われた。これで尾張さまじゃなかったら、明日は槍《やり》が降るよ」

昼兵衛が語った。

「じゃ、あっしが付けられた……」

「気にしなくていいよ」

肩を落とした和津へ昼兵衛が言った。

「尾張さまとは縁があるからね。いずれ、わたくしが絡んでいることを知られたに違いない」

「すいやせん」

和津が頭を下げた。

「しかし、尾張さまが大奥のことにどうしてかかわってきたのか……」

昼兵衛が疑問を口にした。

「わからぬことをいくら考えても無駄だね。知っている人に尋ねるのが早道だ」

思案を昼兵衛が中断した。

「悪いけど、大月さまを呼んできておくれな。長屋か味門かのどちらかにおられると思うから」

「合点《がってん》」

急いで和津が走っていった。

「これもわかっていたのではございますまいな、林さま。あなたさまは、なにをお考えになられているので」

昼兵衛が独りごちた。

この作品は書き下ろしです。

妾屋《めかけや》昼兵衛《ちゅうべえ》女帳面《おんなちょうめん》四

女城暗闘《にょじょうあんとう》

上田秀人《うえだひでと》

平成25年3月15日 初版発行
平成27年3月10日 3版発行
発行人――石原正康
編集人――永島賞二
発行所――株式会社幻冬舎
〒151-0051東京都渋谷区千駄ヶ谷4-9-7
電話 03(5411)6222(営業)
03(5411)6211(編集)
振替00120-8-767643
印刷・製本―株式会社 光邦
装丁者――高橋雅之
検印廃止
万一、落丁乱丁のある場合は送料小社負担で
お取替致します。小社宛にお送り下さい。

定価はカバーに表示してあります。

幻冬舎時代小説文庫

ISBN978-4-344-41993-3 C0193 う-8-5

幻冬舎ホームページアドレス http://www.gentosha.co.jp/
この本に関するご意見・ご感想をメールでお寄せいただく場合は、
comment@gentosha.co.jpまで。